講談社文庫

遠山桜

影与力嵐八九郎

鳥羽 亮

講談社

目次

遠山桜

影与力嵐八九郎

第一章　歌川寅次一座

1

両国橋の東西の橋詰《はしづめ》は広小路になっていて、盛り場として大変なにぎわいをみせていた。特に西詰は江戸一番の盛り場といわれ、床見世、茶見世、芝居小屋、見世物小屋などが、所狭しと建ち並び、大勢の老若男女が行き交っていた。

今日も両国広小路はにぎわっていた。靄《もや》のような砂埃がたちこめ、鬢付《びんつ》け油《あぶら》やうなぎの蒲焼の匂いがただようなかに、子供の泣き声や見世物小屋の木戸番の客を呼ぶ声などがひびいている。

西の橋詰の大川端近くに、軽業の見世物小屋があった。小屋の前には、「大坂下り、歌川寅次《うたがわとらじ》一座」「軽業、源頼光鬼退治」などの幟《のぼり》が川風にはためている。

歌川寅次を座頭とする一座は、大坂から来たわけではなかった。「大坂下り」と記したのは、芸人の箔付けであり、実際に大坂から来た一座でなくとも、大坂下りを標榜することが多かったのである。

この時代（天保十二年、一八四一）、政治の権力の中枢は江戸にあったが、商業や文化は上方が優位で、酒など「下り酒」と称して高値で取引されたのと同様、軽業の世界においても、大坂下りを標榜することで、箔が付いたのだ。なお、「源頼光鬼退治」は軽業の演題である。

見世物小屋は丸太を組んだまわりに菰《こも》や筵《むしろ》を張っただけの建物で、興行が終われば、すぐに取り壊される簡易な仮設である。

小屋の間口は八間（一間は約一・八メートル）、奥行き十間ほどで、見世物小屋としてはそれほど大きくはなかったが、盛《さか》っているらしく、木戸には大勢の客が並んでいた。

その小屋の裏手の狭い楽屋にひとり、牢人ふうの男が貧乏徳利を膝先に立てて酒を飲んでいた。楽屋といっても、軽業師が身につける衣装類、軽業に使う竹竿、竹の輪、綱、大小の棒などの置き場もかねた物置のような場所である。

男の名は嵐《あらし》八九郎《やくろう》。歳は二十五。総髪で無精髭がのびている。面長で、目鼻立ちのととのった顔をしているが、覇気のない物憂そうな翳《かげ》がおおっていた。ただ、徒牢《いたずらろう》人《にん》ではないらしく、荒んだ感じはしなかった。

さっきから、茣蓙《ござ》の上に胡座《あぐら》をかき、退屈そうに湯飲みの酒をかたむけている。

そのとき、舞台と楽屋を隔てるために垂れている茣蓙の間から、四十がらみの小柄な男が顔を出した。丸顔で目が糸のように細い。襷《たすき》で小袖の両袖を絞り、細身のたっつけ袴という扮装《いでたち》だった。

座頭の歌川寅次である。

「旦那、まだ、酒はありますかね」

寅次は、額の汗を手の甲で拭いながら訊《き》いた。

いま、「源頼光鬼退治」の舞台を終えて、楽屋へもどってきたところなのだ。

たいそうな演題だが、なんのことはない。源頼光にふんした寅次が、高低を変えた杭（丸太を立てたもの）の上を跳び移りながら刀をふるい、鬼にふんした座員を斬る真似をするだけのことだった。源頼光の鬼退治の場面を演じながら、乱杭渡《らんぐいわた》りと称する軽業を観せるのである。

「まだ、あるぞ」

八九郎は貧乏徳利を持ち上げ、振って見せた。

「なくなったら言ってくださいよ。仙吉《せんきち》に買いにやらせますから」

仙吉は十五歳。まだ舞台には立てない見習いの軽業師で、寅次の使い走りもしていた。

「そのときは頼む。ところで、どうだ、客の入りは」

八九郎が訊いた。

「お蔭さまで、札止めですよ」

寅次が嬉しそうに目を細めて言った。そうやって微笑《ほほえ》むと、いかにも人のよさそうな顔になる。

「それはよかった。東詰の女軽業の方は、閑古鳥が鳴いてるそうじゃァないか」

両国橋の東詰、回向院《えこういん》の近くにも軽業の見世物小屋が出ていたが、客の入りがよくないと、八九郎は聞いていた。島田岩吉《しまだいわきち》一座で、売りは女軽業である。

「女の綱渡りだけじゃァ、客に飽きられるんでしょうよ」

そう言って、寅次は八九郎の脇に腰を下ろし、貧乏徳利を手にして、湯飲みに酒をついでやった。

「女軽業も、めずらしくないからな」

両国広小路には、女軽業を売りにした見世物小屋が毎年のように建ったのである。

当初は客の入りもいいようなのだが、飽きられてしだいに客の入りが落ちていくようだ。

「頭も、飲むか」

八九郎が貧乏徳利を手にした。

「いえ、わたしは、まだ舞台がありますから」

寅次が慌てて顔を横に振った。

そのとき、小屋の裏手から走り寄る足音が聞こえ、垂らしている筵が跳ね上がった。

顔を出したのは仙吉である。どんぐり眼で、小鼻が張っている。その顔がこわばり、目をつり上げていた。

「だ、旦那、大変だ！」

仙吉が、八九郎の顔を見るなり声を上げた。

「どうしたのだ？」

「な、ならず者が、三人、木戸口で騒いでいやす」

「因縁でもつけているのか」

寅次が訊いた。

「へい、この小屋は掏摸《すり》を雇っているのかと言って、歌六《うたろく》さんを脅していやす」

仙吉が口早にしゃべったことは、こうである。

一見して遊び人と分かる男が三人、軽業の出し物が終わった後、小屋から出てきて、見物しているときに二両と二分、入った巾着《きんちゃく》を掏《す》られたので、返してくれ、と言い出したという。

木戸番の歌六が、そんなことまで、一座でかまっちゃァいられねえ、と突っ撥ねると、この一座は、掏摸を雇っているにちがいねえ、金を返さなけりゃア、小屋をぶち壊すと言って、凄んでいるというのだ。

「おれの出番のようだな」

八九郎は、かたわらの衣装の入った長持《ながもち》に立て掛けてあった大刀を手にして立ち上がった。

「旦那、斬ってしまうと、後で面倒ですよ」

寅次が眉宇《びう》を寄せて小声で言った。

「分かってるよ」

八九郎は振り返って、口元に笑みを浮かべた。

仙吉につづいて小屋をまわると、木戸番の前に人だかりがしていた。遊び人ふうの男が三人、歌六を取り囲んで何やらわめいている。取り囲んでいるのは、小屋から出てきた客らしいが、女子供もすくなくなかった。いずれも怯《おび》えたような顔をして、三人の男に目をむけている。

「どけ、どけ」

八九郎は、人垣を掻き分けるようにして前へ出た。

2

「な、なんだ！　てめえは」

肌の浅黒い、目のギョロリとした男が、目前に立った八九郎を見て怒鳴り声を上げた。袖をたくし上げ、あらわになった二の腕から蛇の刺青《いれずみ》を覗かせている。この男が三人のなかでは兄貴格らしい。

「なに、この小屋に世話になっている者でな。興行の邪魔にならぬよう、話をつけてやろうと思ったのだ」

八九郎は、おだやかな声で言った。

「おれたちはな、二本差しだからといって、恐れ入りゃァしねえぜ」

兄貴格の男が声を荒らげて言うと、脇にいた小太りの男と中背で顎《あご》のとがった男が、うなずいた。ふところに右手を突っ込んでいるところをみると、匕首《あいくち》でも呑んでいるのかもしれない。

「おだやかに話そうではないか。聞くところによると、二両と二分入った巾着を掏られたそうだな」

八九郎は口元に笑みを浮かべて言った。

「そうよ。二両と二分だ」

「では、こちらへ来い」

「おめえが、出すというのか」

「何とかしよう」

そう言うと、八九郎は三人の男に背をむけて、小屋の裏手へ歩きだした。

八九郎は、とりあえず三人の男を木戸口から引き離し、見物人たちを去らせようとしたのである。

一瞬、三人の男は戸惑うような表情を浮かべて、顔を見合っていたが、

「金を返してくれるなら、手荒なこたァしたくねえんだ」

と、兄貴格の男が言って、八九郎の後について歩きだした。他のふたりも、後につ

いてくる。

八九郎は小屋の裏手へまわった。そこは大川の岸辺で、通行人の姿はなかった。小屋の近くに、仙吉、歌六、それに様子を見にきた寅次の姿があるだけである。

「そのふところのふくらみは、何だ」

八九郎は、兄貴格の男の胸のあたりに目をやって訊いた。

「ふところが、ふくらんでるだと」

兄貴格の男が、ふところに手をやった。

「巾着を掏られたそうだが、ふところに巾着が入っているのではないのか」

そう言って、八九郎は左手で刀の鍔元《つばもと》を握り、鯉口《こいぐち》を切った。抜刀体勢をとったのである。

兄貴格の男は、八九郎が抜刀体勢をとったことに気付かなかった。

「フン、巾着などねえよ」

男は腹を突き出すようにして両襟をひらくと、右腕をふところに突っ込んで匕首を取り出した。

「見ろ、ふところにあるのは、これよ。おとなしく、二両と二分を出さねえと、おめえの首を掻っ斬ってやるぜ」

そう言って、兄貴格の男が薄笑いを浮かべたときだった。

スッ、と八九郎の右手が柄に伸び、わずかに腰が沈んだ次の瞬間、シャッ、という刀身の鞘走る音《さやばし》がし、閃光がするどい弧をえがいた。

バラッ、と角帯の腹のあたりが縦に裂け、尻っ端折《しりばしょ》りしていた着物がひろがって裾が落ちた。

一瞬、兄貴格の男は目を剝き、凍りついたようにつっ立った。

と、帯に挟んでいた莨入《たばこい》れと銭でふくらんだ巾着が、両踵の後ろに落ちた。どうやら、巾着を背後にまわして帯に挟んでおいたらしい。

「見ろ、おまえの巾着は、そこにあるではないか」

八九郎は、右手で持った刀を下げたまま笑みを浮かべて言った。

「ち、ちくしょう！　やっちまえ」

兄貴格の男が、喉のつまったような声で叫んだ。

だが、恐怖で顔が蒼ざめていた。手にした匕首も震えている。垂れた着物の間から、のぞいた褌まで揺れていた。八九郎の早業に度肝を抜かれたらしい。

「や、やろう！　生かしちゃァおかねえぞ」

小太りの男が匕首を手にして叫んだが、恐怖で顔がひき攣《つ》っていた。もうひとりの顎のとがった男も、匕首を手にしていたが、初めから逃げ腰になっている。

「やるか。次は、帯ではなく腹を裂くぞ」

言いざま、八九郎が大上段にふりかぶると、

「お、覚えてろ！　このままにはしえねぞ」

捨て台詞をあびせ、兄貴格の男が反転して逃げだした。

帯を失った着物を後ろになびかせながら、男はあたふたと逃げていく。

「兄イ！　待ってくれ」

小太りの男と顎のとがった男が、慌てて後を追って逃げだした。

「口ほどにもないやつらだ」

八九郎は刀を納めた。

「旦那、見事なお手並で」

寅次が糸のように目を細めて声をかけた。仙吉と歌六も、驚嘆の声を上げて近寄ってきた。

「なに、相手がだらしないだけだ」

八九郎は神道無念流《しんとうむねんりゅう》の遣い手だった。十歳のときから、九段の三番町にあった斎藤《さいとう》弥九郎《やくろう》の練兵館《れんぺいかん》に通い、若手の俊英と謳《うた》われた男である。

「わたしが、見込んだだけのことはありますよ」

八九郎を、一座に連れてきたのは寅次だった。


三月ほど前、寅次は仙吉といっしょに深川、今川町の大川端を歩いていた。佐賀町にある材木問屋、近江屋《おうみや》へ出かけた帰りだった。

近江屋久兵衛《きゅうべえ》は歌川寅次一座の世話人で、興行資金を出してくれた金主であり、見世物小屋を建てるための丸太を調達し、鳶《とび》を手配してくれた男である。寅次は近江屋に挨拶がてら、客の入りぐあいを報告にいったのである。

夕暮れどきだった。すでに、通り沿いの表店《おもてだな》は店仕舞いして大戸をしめていた。人通りはほとんどなく、汀《みぎわ》に寄せる大川の波の音が、物悲しく聞こえてくる。

前方から四人の男が歩いてきた。いずれも一見して、真っ当な男でないことが知れた。派手な模様の着物を裾高に尻っ端折りし、雪駄をちゃらちゃら鳴らしながら肩を怒らせて歩いてくる。

寅次と仙吉は、つまらぬことで因縁でもつけられては困ると思い、路傍に身を寄せて男たちが通り過ぎるのを待った。

四人の男が、寅次たちの前まで来たとき、ふいに三十がらみの大柄な男が足をと

め、

「おい、おれの顔を見て笑ったな」

と、どすの利いた声で言った。

「とんでもございません。笑ったように見えたかもしれませんが、生まれついての顔でございますので、ご勘弁ください」

と言って、寅次は頭を下げた。

「そのにやけた顔が、生まれつきならしょうがねえ。そうだな、酒代を出しゃア、勘弁してやるぜ」

大柄な男は、寅次たちの前に近寄ってきた。すると、三人の男もニヤニヤ嗤《わら》いながら、寅次たちを取り囲むように身を寄せてきた。

「有り金を出せとは言わねえ、これで、どうだ」

大柄な男は指を二本立てて、寅次の前に突き出した。

「二朱でございますか」

寅次は、二朱で済むなら出そうと思った。男たちが、端から金を脅し取るつもりで因縁をつけてきたと察知したのだ。寅次は、羽織袴姿で来ていた。おそらく、男たちは寅次を商家の旦那とでも見たのだろう。

「二両だよ」

「ご無代な。そのような大金、出せるはずがございません」

寅次の顔がこわばった。仙吉も身を顫《ふる》わせている。

「おめえのふところには二両どころか、二十両は入《へえ》っていそうだぜ。出せねえと言い張るなら、財布ごといただくぞ」

「そ、それじゃァ追剝ぎですよ。そこを、どいてください」

ふところの財布には、二両の余入っていたが、二両もの大金を渡すわけにはいかなかった。

「痛い目をみてえのかい」

大柄の男が両袖をたくし上げた。寅次たちを取り囲んだ三人の男も、殺気だった目をして近付いてきた。

「ひ、人を、呼びますよ」

寅次が声を震わせて言った。軽業は名人だが、喧嘩の役には立たない。仙吉も身軽だが、喧嘩はからっきしである。

「おお、呼んでみろ。駆け付ける者がいりゃァ、いっしょに畳んでやらあ」

大柄な男が声を上げたときだった。

背後から、駆け寄る足音がし、待て、待て、という声がした。

3

駆け付けたのは、牢人体の男だった。八九郎である。かなり遠くから駆けてきたと見え、肩で息している。

「やい、サンピン、おめえにかかわりはねえ。ひっ込んでな」

大柄な男が恫喝《どうかつ》するように言った。

「おまえたちの悪事を、見逃すわけにはいかんな」

八九郎は、左手で鍔元を握り鯉口を切った。おとなしく引き下がるような連中ではないと見たのである。

「や、野郎！　やっちまえ」

大柄な男が怒鳴り、ふところから匕首を抜いた。

すると、他の三人も匕首を取り出し、八九郎を取り囲むように走った。喧嘩慣れした男たちのようである。

四人の男は匕首を胸のあたりに構え、八九郎に血走った目をむけた。四人の手にした匕首が、夕闇のなかでひかっている。猛獣の牙のようである。

「怪我をしてもしらんぞ」

八九郎は抜刀し、正面に立った大柄な男に切っ先をむけた。

「やれ！」

大柄な男が声を上げた。

と、左手にいた小太りの男が、いきなり匕首を胸のあたりに構えて体ごと突っ込んできた。体当たりするような勢いである。

刹那《せつな》、八九郎の体が躍動し、閃光が疾《はし》った。

キーン、という甲高い金属音がひびき、小太りの男の手にした匕首が虚空に飛んだ。八九郎が逆袈裟《ぎやくげさ》に斬り上げ、突き出した男の匕首をはじき上げたのである。

間髪をいれず、八九郎は反転し、刀身を返しざま左手にいた中背の男の手元へ斬り込んだ。一瞬の流れるような体捌《たいさば》きである。

ギャッ、という悲鳴を上げて、中背の男が身をのけ反《ぞ》らせた。匕首が男の足元に落ち、右手の甲から、タラタラと血が流れ落ちている。八九郎の切っ先が、男の手の甲を斬り裂いたのだ。

それで、八九郎の動きはとまらなかった。八九郎の神速な太刀捌きに驚愕し、一瞬棒立ちになっていた大柄な男に身を寄せざま、刀身を横に払った。

ザクリ、と男の右の二の腕が着物ごと裂けて血を噴いた。

男は低い呻《うめ》き声を上げて、後じさった。匕首を手にした右腕は、垂れ下がったままである。

もうひとり、長身の男がいたが、喉の裂けるような悲鳴を上げて後ろへ逃げた。すでに、戦意はなかった。八九郎の早業に度肝を抜かれ、恐怖に身を顫わせている。

「まだ、やるか」

八九郎が刀を大きく振りかぶると、大柄な男が、

「覚えてやがれ！」

と、捨て台詞を残して逃げだした。他の三人も、慌てて大柄な男の後を追って逃げていく。

「これで、懲《こ》りたろう」

八九郎は刀に血振《ちぶ》り（刀身を振って血を切る）をくれて、納刀した。八九郎は匕首を落とさせるために、手だけを斬ったのである。

「お武家さま、助かりました」

寅次は八九郎のそばに来て、何度も頭を下げた。仙吉も寅次の脇に立って、いっし

よに頭を下げている。

「気をつけて、帰れよ」

八九郎が懐手をして、何事もなかったように歩き出すと、

「もし、お武家さま」

と、寅次が声をかけた。

「何かな」

八九郎は足をとめた。

「お急ぎでございましょうか」

「いや、急ぎの用などないが」

「どうでございましょう。助けていただいたお礼といってはなんですが、一献差し上げるわけには、まいりませんでしょうか」

このとき、寅次は八九郎の腕の冴えを見て、このまま別れてしまうのは惜しいと思ったのである。

「馳走してくれるのか」

「はい、この先に益田屋《ますだや》という料理屋がございます。これから、そこへ寄ろうとしていたところなのでございます」

寅次は、両国橋の東の橋詰近くにある益田屋を贔屓《ひいき》にしていた。もっとも、寅次ひとりで店へ行くことは滅多になく、興行を終えた後や世話人の久兵衛などの大事な客を接待するとき、利用するだけである。

今日も、益田屋に寄るつもりなどなかったのだが、助けてもらった礼の気持ちもあって、益田屋で飲んでもいいと思ったのだ。

「では、世話になるかな」

八九郎には、渡りに船だった。

八九郎は、今川町に近い伊勢崎町の棟割り長屋に住んでいた。今夜は今川町の大川端にある一膳めし屋で、一杯やるつもりで出てきたところだったのだ。

寅次は益田屋の二階の座敷に腰を落ち着け、酒肴の膳が運ばれてくると、

「まず、一杯」

そう言って銚子を取り、八九郎の杯に酒をついでやった。

そして、八九郎が杯の酒を飲み干すのを見てから、

「てまえは、両国橋を渡った先で、軽業の興行をしております歌川寅次でございます」

と、名乗った。

「すると、いま、評判の軽業一座の座頭か」

八九郎が驚いたように目を剝いた。

「評判だなどと、何とか興行をつづけさせていただいているだけでございます。ところで、お武家さまのお名前は」

寅次が訊いた。

「おれか、おれは嵐八九郎、牢人だ」

「嵐さま。……お住まいは」

「長屋だ。伊勢崎町に伝次郎店《でんじろうだな》という長屋があってな、おれは、そこで独り暮らしをしておる」

そう言って、八九郎は膳の刺身に箸を伸ばした。

それからいっとき、寅次と八九郎は軽業の興行のことや両国広小路のにぎわいなどを話題にしていたが、話がとぎれたとき、

「実は、嵐さまにお願いがございまして」

寅次が、声をあらためて言った。

「願いとは」

「しばらくの間、うちの一座で、寝起きしていただくわけにはまいりませんでしょう

か。むろん、相応の礼はいたします」

寅次は、八九郎を一座の用心棒に頼みたかったのである。

見世物興行をしていると、客とのいざこざ、土地のならず者の強請《ゆすり》、見物人同士の喧嘩など、軽業師では対処しきれない難事が頻繁に起こるのだ。八九郎のように腕の立つ用心棒がいてくれれば安心だし、それに八九郎の人柄がいいので、いっしょに寝起きする座員たちも気を使わずにすむだろう。

「用心棒か」

八九郎が、ずばりと言った。

「まァ、そういうことです」

寅次は、満面に笑みを浮かべたまま小声で言った。

「おもしろいな。軽業一座の用心棒か」

八九郎は屈託のない声で言った。

「粗末な小屋に、寝泊まりしていただくのは気が引けますので、いまお住まいの長屋から、日中だけ顔を見せていただいても、結構でございます」

寅次が遠慮して言うと、

「いや、どうせなら、小屋に住まわせてもらおう」

八九郎の方が乗り気だった。

そうしたことがあって、八九郎は一座の小屋に住みついたのである。

4

その日、八九郎は、軽身《かるみ》のお京《きよう》と呼ばれる女軽業師が用意してくれた朝餉《あさげ》を食い終えた後、いつもの居間と寝間を兼ねた楽屋で横になっていた。歌川一座に因縁をつけて金を脅しとろうとした三人の男を追い払った五日後である。

お京は十七歳、小柄でほっそりしていてまだ少女のように見える。身軽で、とんぼ返りや綱渡りを得意としているそうだ。軽身という異名は、その小柄な体軀《たいく》と身軽さからきたらしい。

「嵐さま、彦六《ひころく》さんが来てますよ」

お京が、楽屋に顔を出して言った。

お京は、八九郎の許《もと》に一度顔を見せた彦六を覚えていたのだ。八九郎は、彦六のことを長屋に住んでいたころの飲み仲間だと話してあった。

「何の用かな」

八九郎は、刀を手にして立ち上がった。

彦六は岡っ引きだった。三十代半ば、色の浅黒い剽悍《ひょうかん》そうな顔をしている。ただ、ふだんは鼠取薬売りとして、江戸市中を歩きまわっていた。

「いたずらものはいないかな、いたずらものはいないかな」と呼び声を上げながら、ヒ素を含む鉱物の殺鼠薬を売り歩いていたのである。彦六の顔が浅黒いのは、陽に灼《や》けたせいもあるのだ。

彦六が、岡っ引きであることを知る者はすくなかった。手先の下っ引きはひとりしかいなかったし、ふだんは、他の岡っ引きのように十手を持ち歩くこともなかったからである。岡っ引きというより、八九郎の密偵といった方が合っているかもしれない。

「旦那、大川端で死骸《おろく》が揚がりやしたぜ」

彦六が八九郎に身を寄せ、声をひそめて言った。小屋の者に話を聞かれたくなかったのである。

「大川で揚がる死骸《ほとけ》など、めずらしくもないぞ」

大川ではよく死体が揚がった。事故死、身投げ、病死体の投棄、それに殺人《ころし》……。事件性が顕著でなければ、町方も面倒なので引き揚げずに突き流してしまうこともある。

「死骸は豊助《とよすけ》ってえ、軽業師らしいんでさァ」

「軽業師だと」

八九郎は、興味を持った。歌川一座とかかわりのある者かと思ったのである。

「回向院のそばに小屋掛けしている島田一座の軽業師らしいんで」

「女軽業を観せている一座だな」

八九郎も、島田一座のことは知っていた。ただ、巷《ちまた》の噂や寅次や座員たちから話を聞いた程度である。

「へい」

「川にはまったわけではあるまい」

軽業師が、川に落ちて溺《おぼ》れ死んだとは思えなかった。

「肩から胸にかけて、ザックリでさァ」

「刀傷か」

「そのようで」

「行ってみよう」

八九郎は楽屋から出ようとして、お京のことを思い出した。八九郎に彦六が来たことを伝えた後、隣の座員たちの部屋へ行ったままである。部屋といっても、小屋の一部を菰で囲い、土間に床板を張った上に莫蓙を敷いただけの場所である。そこが、お京たち座員の寝間をかねた居間だった。もっとも、一座にはお京とお初《はつ》という女の軽業師がいて、ふたりの居場所は狭いが別の囲いになっていた。

八九郎は、お京に豊助のことを訊いてみようと思ったのである。

「お京、島田一座の豊助という男を知っているか」

八九郎は、お京のいる部屋を覗いて訊いた。

「知ってるけど。豊助さんが、どうかしたの」

お京の色白の少女のような顔に、怪訝《けげん》な色があった。突然、八九郎が豊助の名を出したからだろう。

「豊助の死体が、大川で揚がったそうだよ」

どうせ、すぐ知れることなので、八九郎は隠さなかった。

「ほんとですか」

お京は驚いたように目を剝いた。

「酒に酔って、落ちたかな」

刀で斬られたらしいことは、口にしなかった。

「豊助さん、あまり酒を飲まないと聞いたけど」

お京は首をひねった。

「豊助だが、若いのかい」

「座頭の岩吉さんと同じ年頃で、四十近いはずよ」

お京によると、豊助はがっちりした体軀で、軽業を演ずる者を下で支える力技を得意としているそうだ。島田一座のなかでは、座頭の岩吉の片腕のような男だという。

「お京、ちょっと覗いてくるので、頭に訊かれたら、出かけたと話しておいてくれ。この小屋と何かかかわりがあっては、面倒だからな」

そう言い置いて、八九郎は彦六を連れて小屋を出た。

豊助の死体が揚がったのは、両国橋の東の橋詰から下流にむかった新大橋のたもと近くだった。川に突き出した桟橋の杭にひっかかっていたのを船頭が気付いて、引き揚げたという。

「旦那、あそこでさァ」

彦六が指差した。

見ると、岸から伸びた桟橋の上に人だかりがしていた。ちいさな桟橋で、猪牙舟《ちょきぶね》が数艘舫《もや》ってあるだけである。その桟橋に上に、男だけ二十人ほど集まっていた。船頭や通りすがりの男、岡っ引きらしい男、両国橋の橋番、それに八丁堀同心の姿もあった。

「南町奉行所の守山《もりやま》だな」

八九郎は、桟橋にいる八丁堀同心を知っていた。

南町奉行所、定廻《じょうまわ》り同心、守山謙三郎《けんざぶろう》である。守山は三十がらみ、面長で目の細いのっぺりした顔をしていた。あまり表情を動かさないこともあって、冷たい感じのする男である。

守山のそばには、岡っ引きが三人いた。八九郎は三人の顔を見たことがあるが、名は知らなかった。

「旦那、死骸《おろく》を拝んでみますかい」

彦六が小声で言った。

「そうだな」

八九郎と彦六は狭い石段から桟橋に下り、人垣の後ろへついた。野次馬を掻《か》き分けて前へ出るわけにはいかなかったのである。

守山の足元に男がつっ伏していた。顔は見えない。髷《まげ》の元結《もとゆい》が切れて、ざんばら髪である。小袖とたっつけ袴が、濡れて体に張り付いていた。腕の太い、がっちりした体軀である。豊助にまちがいないようだ。

肩口から背にかけて着物が裂け、どす黒い血に染まっていた。肩口の斬り口がひらき、截断《せつだん》された鎖骨が白く覗いている。

……下手人は剛剣を遣うようだ。

一太刀で、肩口から胸部まで斬り下げていた。鎖骨や肋骨《ろっこつ》も截断している。剛剣の主が袈裟に斬り下ろしたようだ。

「旦那、半月ほど前《めえ》に殺《や》られた瀬戸物屋の親爺と似てやすぜ」

彦六が小声で言った。

「おそらく、同じ手だな」

八九郎は、半月ほど前、同じような刀傷を見ていた。

深川海辺大工町《うみべだいくちょう》の小名木川《おなぎがわ》沿いの道で、深川清住町に住む瀬戸物屋のあるじ、清吉《せいきち》が何者かに斬殺され、財布を奪われたのである。そのときも、彦六の知らせで、八九郎は死骸を見にいったのだ。

町方は、辻斬りの仕業とみて探っているようだったが、まだ下手人が捕らえられたという話は聞いていなかった。

「下手人は、辻斬りですかね」

彦六が声をひそめて訊いた。

「さァな」

八九郎は、辻斬りではないと直感した。一見して、武家奉公の小者か芸人のような格好をしている男を、辻斬りが狙ったと思えなかったのである。金にはならないし、剣の腕試しにもならないだろう。

……下手人は、何か狙いがあって、清吉と豊助を斬ったにちがいない。

八九郎は、清吉と豊助は何かかかわりがあるのかもしれないと思った。ただ、軽業師と瀬戸物屋の親爺がどこでどうつながっているのか、見当もつかなかった。

そのとき、守山が集まっていた岡っ引きたちに声をかけた。

「下手人は、辻斬りにまちがいねえ。斬ったのは、川の上流だろう。昨夜、うろんな武士を見かけなかったか、川沿いを歩いて聞き込んでみろ」

守山の声で、集まっていた岡っ引きや下っ引きがすぐに桟橋を離れ、両国広小路の方へ散っていた。

……辻斬りと決めつけるのは早いな。

八九郎はそう思ったが、口をつぐんだまま石段を上がった。よけいな口出しをして、身分を知られたくなかったのである。

5

「旦那、どうしやす」

両国広小路の方へ歩きながら、彦六が訊いた。事件の探索にあたるかどうか、八九郎に訊いているのだ。

八九郎は牢人のような格好で見世物小屋に居候《いそうろう》しているが、その実、北町奉行、遠山《とおやま》左衛門《さえもん》尉《のじょう》景元《かげもと》の内《うち》与力だった。遠山は、通称金四郎《きんしろう》と呼ばれ、江戸市民に名奉行と謳われた男である。

遠山は北町奉行の後、大目付を経て南町奉行に就任する。つまり、南北の奉行を務めたのである。

ただ、このときは、町奉行に就任して一年余であり、やっと奉行の職が板についてきたころであった。

遠山は勘定奉行から北町奉行に就任するにあたり、家士のなかから信頼のおける男を四人、内与力に任命した。そのなかのひとりが、嵐八九郎である。

通常、奉行が就任時に家士のなかから内与力に任命するのは三人である。町奉行所には、元々年季の入った多くの与力がいて、江戸市中の司法、行政、警察のおびただしい任務を的確にこなしていく。奉行は多くの場合、与力のお膳立てにしたがって動けば、任務のほとんどを果たすことができたのだ。

ただし、そうした与力は役目についているのであって、奉行についているのではない。そのため、ときには奉行の意のままに動かぬこともあった。そうしたこともあって、奉行の指示で動く秘書的な与力が必要だった。そこで、奉行は家士のなかから三人、内与力として奉行所内に配置したのである。

ところが、遠山はひそかに私的な内与力をひとり増やした。江戸市中に潜伏させ、市民たちの噂に耳をかたむけさせて世情を知るとともに、奉行の意を受けて事件の探索にあたらせようとしたのだ。

遠山は、家士のなかから剣の腕が立ち奔放な性格の八九郎に目をつけ、四人目の内与力を命じた。そして、八九郎にこう言ったのである。

「そちは、わしの影の与力だ」

「影与力……」

「そうだ」

「内与力とは、ちがうのでございますか」

「身分は内与力だが、務めはちがう。市中に潜伏し、わしの意を受けて事件の探索にあたってもらいたいのだ」

「心得ました」

そのとき、八九郎は、通常の内与力よりおもしろいと思ったのだ。それに、身分を隠して市中に潜伏することが、気に入った。堅苦しい奉行所内の勤めや奉行の登城の供をしなくてすむのである。

そうしたことがあって、八九郎は風来坊のように市井を渡り歩きながら事件の臭いを嗅ぎ、町方の手にあまるような事件の探索に当たってきたのである。

八九郎は彦六の問いに、

「そうだな、小暮《こぐれ》に町方の動きを訊いてみるか」

と、答えた。

小暮又三郎《またさぶろう》は、北町奉行所の隠密廻り同心だった。北町奉行所の同心のなかで、小暮だけが、八九郎の正体を知っていた。他の与力や同心も、八九郎が内与力で、奉行の意を受けて事件にかかわることが多いとは感じていたが、影与力として事件の探索に専任しているとまでは思っていなかった。

八九郎は事件の探索に当たり、どうしても町方同心の協力が必要になり、小暮だけに己の任務を明かしたのである。

「あっしは、どう動きやす」

彦六が訊いた。

「おれも探ってみるが、彦六は浜吉《はまきち》にも話して、殺された豊助と清吉の身辺を洗ってみてくれ。何か出てくるかもしれん」

浜吉も、八九郎の密偵のひとりだった。

浜吉は剝き身売りである。江戸は貝類を売り歩く者が多かったが、浜吉は浅蜊《あさり》や蛤《はまぐり》の剝き身を売り歩いていた。威勢のいい若者で、浅草寺界隈を縄張りにしている遊び人と喧嘩になったとき、たまたま通りかかった八九郎に助けられ、それが縁で八九郎の密偵になったのである。

ただ、浜吉は岡っ引きの経験がなかったので、彦六の下っ引きとして動くことが多かった。

「承知しやした」

すぐに、彦六は八九郎から離れていった。

その日、八九郎は小暮が組屋敷にもどるころを見計らって、八丁堀へ出かけた。通常、同心は五ツ（午前八時）ごろ奉行所に出仕《しゅっし》し、七ツ（午後四時）ごろ屋敷に帰っていた。

七ツ半（午後五時）ごろである。八九郎は八丁堀坂本町の楓川《かえでがわ》にかかる海賊橋《かいぞくばし》のたもとで、小暮が来るのを待っていた。

北町奉行所は呉服橋門内にあり、奉行所を出た小暮は日本橋の町筋を通って海賊橋を渡り、組屋敷のある八丁堀へ帰るはずである。

八九郎が橋のたもとで小半刻（三十分）ほど待つと、小者に挟み箱をかつがせた町方同心の姿が見えた。町方同心は小袖を着流し、羽織の裾を帯に挟んだ巻き羽織と呼ばれる八丁堀ふうの格好をしていたので、遠目にもそれと分かるのだ。

小暮である。小暮は三十がらみ、面長で鼻梁が高く切れ長の細い目をしていた。やり手の同心だが、隠密廻りという役柄のせいもあるのか、陰湿で酷薄な感じが身辺にただよっている。

小暮は橋のたもとに立っている八九郎の姿を目にすると、小走りに近寄ってきた。

「嵐さま、お待たせしたようで」

小暮はちいさく頭を下げた。小暮にとって、与力の八九郎は上司である。

「ちと、訊きたいことがあってな」

八九郎は小暮に身を寄せて小声で言った。

小暮はちいさくうなずくと、従っていた小者の稔造《としぞう》に、先に帰れ、と命じ、稔造が離れるのを待ってからゆっくりとした歩調で歩きだした。歩きながら、話そうというのである。

「小暮、大川で揚がった軽業師の話を耳にしているか。名は豊助だ」

八九郎が切り出した。

「はい、定廻りの者から話は聞いています」

まだ、小暮は探索に当たってはいないようだ。

「ちょうど、近くにいてな。豊助の死体を見たのだ」

「そうでしたか」

小暮は抑揚のない声で言った。まったく表情を動かさない。こうした表情のなさが、相手に冷たい感じを与えるのだが、小暮は気にもしなかった。

「ところで、半月ほど前に小名木川沿いの道で殺された瀬戸物屋の話を聞いているか」

八九郎は話を進めた。

「たしか、清吉という名だったと思いますが……。辻斬りに殺られたとみて、定廻りの者が下手人を探っているようです」

「その清吉と豊助は、同じ下手人に殺られたようだ」

八九郎は刀傷がよく似ていたことを言い添えた。

「ほう……」

小暮の細い目がひかった。顔がひきしまり、やり手の同心らしい凄みがくわわった。

「おれは、辻斬りではないような気がするのだ」

「そうかもしれません」

小暮は虚空を見すえたまま言った。

「何か狙いがあって、ふたりを殺したはずだが、まったく見当がつかん」

「…………」

「おれの勘だが、今後も似たような殺人《ころし》があるような気がする」

「何か、裏があるようですね」

「まだ、奉行には話してないが、殺しの裏を探ってみようかと思っている。……小暮もそれとなく当たってみてくれ」

「承知しました」

そう言うと、小暮はちいさく頭を下げ、足早に八九郎から離れていった。

6

「嵐さま、今夜、会っていただきたい方がいるのですが」

寅次が、八九郎の楽屋を覗いて言った。

「だれだ」

「佐賀町の材木問屋、近江屋のあるじの久兵衛さんです」

「この小屋の金主だったな。おれに、何の用だ」

材木問屋のあるじが、八九郎のような風来坊に用があるとは思えなかった。

「おりいって、嵐さまに願いの筋があるとか」

寅次は首をひねった。どうやら、寅次も用件は聞いていないらしい。

「久兵衛さんが、ここにくるのか」

「いいえ、益田屋でお会いしたいとのことです」

「いいだろう」

八九郎は、すぐに承知した。何の用か知らないが、旨い料理と酒が飲めるのである。

その日、八九郎は陽が沈み、暮れ六ツ（午後六時）の鐘の音を聞いてから、寅次とふたりで、益田屋に出かけた。

益田屋は両国橋を渡った東の橋詰の大川端にあり、歌川一座の小屋からは、すぐだった。

益田屋の格子戸をあけると、女将《おかみ》のお園《その》が姿を見せ、愛想良く出迎えてくれた。すでに、八九郎とも顔を合わせていたのだ。

ふたりが案内されたのは、二階の川岸寄りの萩の間だった。そこは、眺めがよく馴染み客用の座敷である。

すでに、萩の間でふたりの町人が待っていた。近江屋のあるじの久兵衛と番頭の盛《もり》助《すけ》である。

久兵衛は五十代半ば、恰幅がよく、赤ら顔で頬がふっくらし、妙に耳朶《みみたぶ》が大きかった。福相の主である。盛助は小柄で小太りだった。丸顔で目が細く、満面に笑みを浮かべている。

「どうぞ、こちらへ」

盛助が、あいていた上座に八九郎を座らせた。

八九郎たちが初対面の挨拶を交わし、一献かたむけあった後、

「嵐さまのお噂は聞いております。なんですか、一座に因縁をつけたならず者たちを、うまくあしらって追い返したとか」

久兵衛が笑みを浮かべて言うと、

「そうなんです。客に知られぬように、うまく追い返していただきました」

寅次が、脇から口をはさんだ。

「なに、たまたまうまくいっただけのことだ。ところで、おれに頼みがあるそうだが」

そう言って、八九郎は煮付けた鰈《かれい》に箸を伸ばした。八九郎は魚が好物で、刺身、焼き魚、煮魚、なんでも目がなかった。

「実は、てまえの店がならず者に因縁をつけられ、困っているのです」

久兵衛が急に声を落とし、眉宇を寄せた。

「近江屋ほどの大店《おおだな》に、因縁をつける者がいるのか」

近江屋は、数十人の奉公人のいる江戸でも名の知れた材木問屋の大店である。その近江屋に因縁をつけたとなると、けちな遊び人や地まわりの類《たぐい》ではないだろう。

「それが、借金取りのようなのです」

「借金取りだと」

八九郎は意外な気がした。近江屋が借金して、その取り立ての者と諍《いさか》いを起こしたのであろうか。

「金を借りたのは、てまえの店ではないのです」

「別の店なのか」

「はい、東詰で軽業の小屋を出している島田一座なのです」

「島田一座だと。どういうことなのだ」

殺された豊助がいた一座である。その島田一座と近江屋がどうつながっているのか、八九郎には見当もつかなかった。

「ご承知だと思いますが、島田一座は不入りで、当座のやりくりのため座頭の岩吉さんが、金貸しから三十両ほど、借りたそうなのです。それが、一月ほど前の話でしてね。……金貸しの名は丹右衛門《たんえもん》。住まいはどこかしりません。その丹右衛門の使いの源蔵《げんぞう》という男が、突然店に来て、元利合わせて四十両、てまえどもが払えというのです」

久兵衛の顔から笑みが消えていた。

「なんで、近江屋が返さねばならんのだ」

八九郎が訊いた。

「源蔵がいうには、島田一座の世話人として、借金の肩代わりするのが当然だというのです」

「近江屋は、島田一座の世話人をしているのか」

八九郎は、寅次から歌川一座の世話人は近江屋久兵衛と聞いていた。

「とんでもございません。てまえどもは、歌川一座のお世話をさせていただいておるのです。なんで、商売敵《がたき》になる同じ軽業一座の世話人をいたしましょう。……ただ、注文を受け小屋掛けの丸太を用意したのは、てまえどもの店です。商売ですから、丸太が欲しいと言われれば、お売りいたします」

久兵衛の口吻《こうふん》には、怒りのひびきがあった。

「もっともだな」

島田一座と近江屋のかかわりが、それだけなら近江屋で借金の肩代わりをする必要はないはずである。

「てまえどもは、四十両払うのをお断りいたしました。四十両の金が、用意できなかったわけではございません。そのような理不尽な要求に、びた一文払うつもりはないのです」

久兵衛が強い口調で言った。

「それで、どうした」

おそらく、源蔵はおとなしく帰らなかったのだろう。そうでなければ、八九郎にこんな話を持ってこないはずである。

「その日は、源蔵もおとなしく帰りました。ところが、翌日、三人のならず者を連れてきて、今度は五十両、耳をそろえて払え、と言い出したのです。十両加算したのは、足を運ばせたからだそうです。そして、今度は、払わなければ店をぶち壊すと脅したのです。……やむなく、十両だけ払って帰ってもらいました。ところが、源蔵が帰り際に、また三日後に来るから五十両用意しとけ、と言い残して店を出たのです」

久兵衛がそこまで話すと、脇で黙って聞いていた盛助が、

「あるじのもうしましたとおり、このままでは、たとえ五十両を払っても、何を言ってくるかしれません。何とか、源蔵からきっぱり縁を切りたいと思っておりましたおり、嵐さまのお噂を耳にしたのでございます。それで、てまえからあるじに話し、こうしてうかがったしだいでございます」

と、丁寧な物言いで後をつづけた。

「三日後というと」

「明日でございます。嵐さま、どうか、てまえどもにもお力添えのほどを」

久兵衛と盛助が、いっしょに頭を下げた。

「承知した」

八九郎は、源蔵たちのあくどいやり方に腹を立てたこともあったが、それより、今度の恐喝の一件が、殺された島田一座の豊助と何かかかわりがあるかもしれないと思ったからである。

7

深川佐賀町の大川端に、近江屋があった。材木問屋の大店らしく、土蔵造りの二階建ての店舗の両脇には、二棟の材木を保管する倉庫があり、裏手には堅牢《けんろう》な土蔵もあった。さらに、倉庫のすぐ脇の川岸には専用の桟橋も持っていた。桟橋には、丸太や材木を運ぶための艀《はしけ》や猪牙舟が舫ってある。

八九郎は久兵衛と盛助から話を聞いた翌日の昼過ぎ、近江屋に足を運んできたのだ。

店先に迎えに出た盛助が、

「嵐さま、さ、こちらへ」

と、腰を低くして言い、帳場の奥の座敷に案内した。六畳のひろさで、床の間もあった。そこは、得意先と商談をするための部屋らしかった。

すぐに、久兵衛が挨拶に顔を出し、女中が運んできた茶をすすりながら、しばらく話をしていると、廊下に慌ただしそうな足音がし、手代が顔を出した。

「だ、旦那さま、源蔵たちが！」

手代が、声を震わせて言った。

「何人だ」

八九郎は、刀を手にして立ち上がった。

「三人です。侍が、ひとりいます」

「なに、侍だと」

どうやら、町人だけではないようだ。

「は、はい、牢人のようです」

「久兵衛さんは、ここにいた方がいいな」

八九郎はそう言って、久兵衛をその場に残し、手代につづいて帳場にむかった。

帳場は十畳ほどの板敷きの間になっていた。その上がり框《かまち》の近くに番頭の盛助が座り、その前に三人の男が立っていた。町人がふたり、それに大柄な牢人がひとり。三人は盛助を恫喝しているようである。店の奉公人と船頭が数人、土間の隅に立って顔をこわばらせていた。

「待て、話があるなら、おれが聞こう」

八九郎は、番頭の後ろに近寄って言った。

「なんだ、てめえは！」

盛助のすぐ前に立っていた男が怒鳴り声を上げた。歳は三十がらみであろうか。眉と髭《ひげ》が濃く、唇が厚かった。悪相の主である。

この男が、源蔵であろう、と八九郎はみた。

「近江屋に世話になっている者だが、おまえか、源蔵という悪党は」

「な、なんだと！」

男は憤怒に顔をゆがめた。怒りで、握りしめた拳が震えている。

「ところで、そちらの仁《じん》は」

八九郎は、源蔵の後ろに立っている牢人に誰何《すいか》した。

六尺（約百八十センチ）はあろうかと思われる偉丈夫で、首が太く胸が厚い。黒鞘の三尺近い大刀を一本落とし差しにしていた。浅黒い肌をし、頬に刀傷があった。一目で徒牢人と知れる風体である。

「おれか、見たとおりの牢人だ。おぬしは」

牢人がくぐもった声で訊いた。口元に薄笑いが浮いている。

「おれか、おれも見たとおりの牢人だ」

「で、おまえが、話を聞くというのか」

「そうだ」

「どうする、源蔵」

牢人が前に立っている男に顔をむけた。やはり、この男が源蔵である。

「それじゃァ、こいつに、五十両耳をそろえて出してもらいやしょう」

源蔵が、八九郎を睨みながら言った。

「金を出す気などないな。ところで、近江屋で借金の肩代わりするとでも書いた証文を持っているのか」

「そんなものはねえ」

「それでは、強請ではないか。やはり、悪党どもだな」

「な、なに！　てめえ、命はねえぞ」

源蔵が袖をたくし上げた。

すると、左手にいたもうひとりの町人も気色ばんで、右手をふところに突っ込んだ。匕首を呑んでいるらしい。

　偉丈夫の牢人も殺気だち、右手で刀の柄を握った。

「待て、ここは狭すぎる。表へ出よう」

　八九郎は手にした大刀を腰に差し、上がり框から土間へ下りた。

「やろう！　生かしちゃァおかねえ」

　源蔵が、戸口から外へ飛びだした。

　牢人ともうひとりの男がつづき、その後から八九郎がゆっくりと歩を運んだ。

　八九郎は戸口から出ると、すぐに右手に走った。川岸を背にして立ち、後ろから襲われるのを避けようとしたのだ。

　三人の男が八九郎を取り囲んだ。

　正面に対峙《たいじ》したのは、偉丈夫の牢人である。左手に源蔵がまわり込み、匕首を手にして身構えた。右手に小柄で丸顔の男がまわった。いずれも血走った目をして、八九郎を見すえている。

「怪我をしてもしらんぞ」

　八九郎は抜刀した。まだ、源蔵たちの正体が知れていないこともあり、命までも取ろうとは思わなかった。

牢人も刀を抜いて、青眼に構えた。三尺近い長刀である。膂力《りょりょく》にまかせて振りまわすつもりらしい。

牢人の切っ先は、八九郎の目線にむけられていたが、かすかに震えていた。気の昂《たかぶ》りで、体に力みがあるのだ。腰もやや浮いている。いかつい風貌だが、それほどの遣い手ではないようだ。

……牢人より、ふたりの町人が厄介だな。

と、八九郎は思った。

源蔵は腰をすこし沈め、前屈みの格好で匕首を構えていた。こうした喧嘩に慣れているらしく、興奮した様子はなかった。獲物に飛びかかる寸前の野犬のような雰囲気をただよわせ、するどい目で八九郎を見すえている。

もうひとり、右手の小柄な男も、喧嘩慣れしているらしく体に硬さがなかった。いかにも敏捷そうである。

ふたりの男は八九郎の隙《すき》を衝《つ》き、左右から飛び込んできて匕首をあびせるつもりらしい。

牢人との間合はおよそ三間半。まだ、斬撃の間からは遠い。

八九郎は下段に構えていた。ジリジリと牢人が間合をせばめてくる。その動きに合わせるように、源蔵と小柄な男が、左右から間合をつめてきた。

……先に仕掛けるか。

八九郎は、敵に先手をとられたら不利だと察知した。

相対した牢人との間合が、一足一刀の間合に近付いたとき、つ、つ、と八九郎が踏み込んだ。

八九郎の動きで、牢人の寄り身がとまり、わずかに剣尖が浮いた。

刹那、八九郎の全身からするどい剣気が疾《はし》った。

イヤアッ！

裂帛《れっぱく》の気合を発しざま八九郎は下段から刀を振り上げ、左手に身を転じて、源蔵の肩口へ斬り込んだ。神速の太刀捌きである。

瞬間、源蔵は背後に跳んだが、間に合わなかった。肩先から胸にかけて着物が裂け、肌に血の線がはしった。だが、浅手である。咄嗟に、源蔵が後ろへ跳んだため、深い斬撃をまぬがれたのだ。

八九郎の動きは、それでとまらなかった。流れるような体捌きで反転しざま、刀身を横に払ったのだ。

その切っ先が、踏み込んで匕首を突き込もうとした小柄な男の二の腕を裂いた。

ギャッ！　という悲鳴を上げ、小柄な男が後ろへよろめいた。男の手にした匕首が地面に落ち、右の二の腕が血に染まっている。

そのとき、八九郎の俊敏な動きに目を奪われ、棒立ちになっていた牢人が、

「お、おのれ！」

叫びざま、真っ向へ斬り込んできた。

長刀が八九郎の頭上に伸びてきたが、斬撃にするどさがなかった。

八九郎は体をひらきざま、刀を横に払った。

ザクッ、と牢人の着物の腹部が横に裂け、あらわになった肌に血の線が浮いた。牢人は恐怖に顔をゆがめて後じさった。横にはしった腹部の傷口から、血が筋になって流れ出ている。ただ、臓腑に達するような深い傷ではなかったので、命にかかわるようなことはないだろう。

「まだ、やるか」

八九郎は切っ先を源蔵にむけた。源蔵が小柄な男より兄貴格とみたのである。

「ち、ちくしょう！」

源蔵の顔も恐怖に蒼ざめていた。八九郎が、これほどの遣い手とは思わなかったのであろう。

「逃げろ！」

源蔵は反転して駆けだした。

牢人がつづき、小柄な男が慌てて後を追った。

「口ほどにもないやつらだ」

八九郎が納刀したとき、戸口に立って固唾《かたず》を飲んで見守っていた盛助が駆け寄ってきた。

「さ、さすが、嵐さまでございます。……助かりました」

盛助が声をつまらせて言った。驚愕と安堵《あんど》が入り交じったような顔をしている。

「やつらも懲りたろう。これで、近江屋に因縁をつけてくることもあるまい」

そう言ったが、八九郎は、これで済んだとは思えなかった。肝心の丹右衛門という金貸しの正体も知れなかったし、殺された島田一座の豊助とのかかわりも分からなかったのである。

第二章　密偵たち

1

島田一座の小屋が、淡い月光のなかに黒くそびえるように建っていた。風に、小屋の前の幟がはためいている。

回向院の表門の近くだった。表門の先に、本堂、宿坊、茶屋、見世物小屋などの黒い輪郭が、ぼんやりと識別できた。

五ツ（午後八時）前である。日中は多くの参詣客や見世物の遊山客などでにぎわっているが、いまはひっそりと静まっていた。島田一座の小屋も静寂につつまれていたが、座員はいるらしく、まわりに張りめぐらされた菰や筵の間から、かすかな灯《ひ》が洩れている。

八九郎は表門の暗がりにひとり立っていた。羽織袴で二刀を帯び、頬隠し頭巾をかぶって顔を隠していた。いつもの格好とちがって、身分のある武士がお忍びで屋敷を抜け出てきたように見える。

そのとき、島田一座の小屋の方から足音が聞こえた。見ると、月明りのなかにふたりの姿が浮かび上がった。ひとりは、彦六だった。もうひとりは、小袖にたっつけ袴姿の小柄な男である。

「旦那、連れてきましたぜ」

彦六が小声で言うと、

「座頭の岩吉でございます」

小柄な男が、震えをおびた声で言った。

八九郎は、軽業の見世物がはね、しばらく間をおいてから彦六に岩吉を呼んでこさせたのだ。岩吉と丹右衛門とのかかわり、それに豊助がなぜ殺されたのか訊くためである。

八九郎は奉行所の与力を思わせる格好できていた。彦六も十手を見せて町方の手先であることを名乗って、岩吉を呼び出したはずだ。

八九郎が顔を隠したのは、岩吉も歌川一座に住み着いている八九郎の顔を知っていると思ったからである。

「わしは、豊助を殺した下手人を探っている者だ」

八九郎は、あえて権高《けんだか》な物言いをした。

「お、恐れいります」

岩吉は上体を折るようにして低頭した。

四十がらみであろうか。面長で目の細い、狐を思わせるような顔をしていた。その顔が怯えたようにゆがんでいる。

「すでに、町方の者が訊きにきたと思うが、わしも今後の吟味のために訊いておきたいことがあってな」

「なんでございましょうか」

「まず、訊くが、丹右衛門なる金貸しに金を借りたそうだな」

「は、はい、軽業の見世物が不入りなため、やむなく……」

岩吉が首をすくめて、また頭を下げた。

「丹右衛門の住まいは、どこだ」

「何度か、親分さんにも訊かれましたが、わたしも知らないのです」

岩吉は困惑したように眉宇を寄せた。

「では、丹右衛門とは、どこで会ったのだ」

「深川の西浜《にしはま》という料理屋でございます」

岩吉によると、西浜は深川永代寺門前町の富ケ岡八幡宮の門前通りにあるという。

「丹右衛門とは、どこで知り合ったのだ」

両国から永代寺門前町まで、かなり距離がある。軽業一座の座頭である岩吉が西浜に飲みに出かけ、そこで丹右衛門と知り合ったとは思えなかった。

「源蔵という男が、小屋を訪ねてきまして……」

岩吉が言いにくそうに顔をしかめた。

「源蔵か」

思わず、八九郎の声が大きくなった。

「その源蔵が、深川の材木問屋、近江屋を脅して金をとろうとしたのを知っているか」

八九郎が岩吉を見すえて訊いた。

「い、いえ、存じません」

岩吉が驚愕に目を剝いた。

「それもな、島田一座で借りた金を肩代わりしろと脅したのだ」

「ま、まことでございますか」

岩吉が声をつまらせて言った。その顔が、驚愕と困惑にゆがんでいる。知らないというのは嘘ではないらしい。

「とんだ、言いがかりだが、近江屋に迷惑をかけぬためにも、おまえは、丹右衛門や源蔵のことを包み隠さずもうさねばならんぞ」

八九郎は語気を強くして言った。

「は、はい……」

「では、あらためて訊く。源蔵が小屋を訪ねてきたともうしたが、そのときの様子を話してみろ」

「小屋がはねた後、源蔵が楽屋に姿を見せ、当座のやりくりに難儀してると小耳にはさんだが、金を都合してもいい、と借金の話を持ち出したのです」

岩吉は闇の高利貸しではないかと警戒し、すぐには源蔵の話に乗らなかったという。

すると、源蔵は、

「おれが、貸すわけじゃァねえ。金を貸すのは別人だ。まァ、会って話を聞いてみたらどうだい。嫌なら、その場で断れば、それですむことだ」

そう言って、丹右衛門の名を出し、西浜で会うことを勧めたという。

当初、岩吉は借金を断るつもりだったが、当座の一座のやりくりに困っていたこともあり、嫌なら、その場でことわればすむと言った源蔵の言葉を真に受けて、会うだけ会ってみようと思った。

西浜の座敷で顔を合わせた丹右衛門は恰幅がよく、裕福な商家の旦那のように見えた。頬にたっぷりと肉が付き、福耳ですこし垂れ目、おだやかそうな福相の主である。

「岩吉さん、とりあえず三十両ばかり、都合しましょう。なに、木戸銭のなかから、都合がついたら一両、二両とすこしずつ返していただければ、それで結構ですよ」

丹右衛門は、利息は月一分《ぶ》でどうです、と言い添えた。

一分は百分一。つまり一パーセントということになる。この時代、月利息は〇・七、八パーセントが普通だったので、すこし高利ということになる。ただ、驚くほどの高利ではない。それに、三十両なら、三月借りても利息は一両にもならない。

「ありがたいお話です」

岩吉は借りることにした。

さっそく、借りた翌日から源蔵が集金にきた。そして、その日の木戸銭のなかから、一両、二両と持っていくようになったのである。岩吉は無理をしても、すこしずつ返金していった。軽業の興行期間は三月《みつき》と決まっていたので、その間に何とか借金を完済しようと思ったのだ。それに、数日前から、演題を変えたこともあって、多少客の入りがよくなっていたのである。

十日ほど経ったとき、岩吉は残りもわずかであろうと思い、集金に来た源蔵に残金はどれほどか訊いてみた。

すると、驚いたことに、あと二十七、八両だろうと言ったのである。

「そ、そんな馬鹿な！　もう、二十両の余はお返ししましたよ。それを、二、三両しか返してないというんですか」

岩吉が声を荒立てた。

「おめえ、おれの集金の足代を考えなかったのか。一日二両の勘定だ。文句があるなら、いつでも掛合いに来るがいいぜ」

源蔵は、薄笑いを浮かべながら、うそぶいたのである。

「……！」

岩吉は全身に冷水をかけられたように鳥肌が立った。闇の高利貸しの恐ろしい本性を見せつけられたのである。

このやり取りを聞いていた豊助が激怒した。豊助は岩吉の片腕のような男で、これまで岩吉といっしょに一座をやってきたこともあり、源蔵たちのあくどいやり方に我慢できなかったのである。

「頭、おれが行って話をつけてくる」

岩吉はとめたが、豊助はいきりたって源蔵といっしょに西浜にいったという。

そこまで話して、岩吉はがっくりと肩を落とし、

「翌日の朝、大川で豊助の死体が揚がったのです」

と、悲痛な顔をして言った。

「西浜に行った帰りか」

「は、はい」

「それで、どうした」

源蔵たちが、それで集金を諦めたとは思えなかった。骨の髄まで絞り取るのが、丹右衛門一味のやり方のような気がしたのである。

「源蔵ではなく、別の男が来るようになりました」

名乗らなかったが、遊び人ふうの小柄な男が町方がいないのを確認してから楽屋に姿を見せたという。

岩吉は小柄な男に、豊助を殺したのではないかと詰め寄った。

「馬鹿なこと言っちゃァいけねえ。豊助は、ごっ馳走《そう》して帰してやったんだぜ。町方も、豊助を殺ったのは、辻斬りと言ってるじゃァねえか。……それともなにかい、おれたちに濡れ衣でも着せようってえのかい」

男はそう言って凄み、木戸銭のなかから一両二分ほど持ち去ったという。

「なんとも、悪辣《あくらつ》な連中だな」

八九郎の顔に怒りの色が浮いた。

島田一座から絞り取るだけではあきたらず、丹右衛門たちは、丸太を調達しただけの近江屋からも金を巻き上げようとしたのだ。しかも、三十両に十両の利息までつけている。こうなると、金貸しというより、貸した金を口実にしての完全な強請である。

その後、八九郎は彦六とともに、西浜まで行ってみたが、丹右衛門の所在は知れなかった。西浜のあるじは、丹右衛門も源蔵の名も覚えていなかった。おそらく、店では別の名を使っていたのだろう。

ただ、豊助が遊び人ふうの男と西浜に来たことは、覚えていた。

「座敷で揉《も》めたようなことはなかったのか」

八九郎が訊くと、

「くわしいことは知りませんが、みなさん、機嫌よく帰っていったようですよ」

そう言って、あるじは笑みを浮かべた。

その夜、丹右衛門は豊助の言うことをそっくり受入れたのかもしれない。帰りに殺すつもりなら、何を約束してもかまわないのである。

八九郎たちは、肩を落として西浜を出た。西浜から丹右衛門や源蔵を手繰《たぐ》るのは無理なような気がした。おそらく、丹右衛門たちは町方が西浜に聞き込みにくることを想定し、西浜から手繰られないように用心したのであろう。

2

「嵐の旦那、あれが、島村屋《しまむらや》ですぜ」

彦六が、指差した。

深川清住町の大川端だった。川沿いの道に瀬戸物屋らしい店があったが、商いはしてないらしく表戸はしまっていた。

ただ、住人はいるらしく、脇の一枚だけがあいていた。

八九郎は彦六から、殺された清吉の店は借金の形に取られそうだと聞き、家族から直接話を聞いてみようと思い、出かけてきたのである。

「家に残っているのは、女房と娘だそうだな」

八九郎が念を押すように訊いた。

「へい、おまつという女房とおうめという娘でさァ」

「親子は、この店をとられて、どこへ行くつもりなのだ」

「さァ、まだ、そこまでは聞いておりやせん」

「とにかく、話を聞いてみるか」

八九郎は、一枚だけあいた表戸の間から、なかを覗いて見た。薄暗い店内は、がらんとしていて、売り物の瀬戸物はほとんど残っていなかった。棚に安物の茶碗や湯飲みなどがまばらに並び、土間の隅に火鉢や甕《かめ》などがいくつか転がっているだけだった。しばらく、掃除もしてないと見え、瀬戸物にうっすらと埃が積もっている。

店のつづきに帳場らしい狭い畳敷きの間があったが、人影はなかった。ただ、人はいるらしく、奥で水を使う音が聞こえた。

八九郎は店に入ると、棚にあった湯飲みを手にしてから、

「だれかいるかな」

と、声をかけた。彦六も八九郎についてきた。

八九郎の声が聞こえたのか、水を使う音がやみ、廊下を歩く足音が聞こえた。そして、帳場の脇の廊下に、女がひとり姿を見せた。

痩せた年配の女だった。頰がこけ、目が落ちくぼんでいた。顔はやつれ、身辺に暗い翳《かげ》がただよっている。

女は薄暗い土間に立っている八九郎と彦六の姿を目にすると、怯えたように顔をゆがめて、その場に立ちすくんだ。八九郎と彦六を、借金取りにきたならず者とでも思ったのであろうか。

「おまつさんかな」

八九郎は女房のおまつと見て、声をかけた。

「は、はい……」

おまつが、上がり框の方へ近付いてきた。八九郎のおだやかな声に、いくぶん安心したのかもしれない。

「この湯飲みは、いくらだな」

八九郎は手にした湯飲みを、上がり框のそばに置いた。

「ご、五十文です」

おまつが震えを帯びた声で言った。

「もらおう」

八九郎は財布から一分銀を取り出し、つりはいらないと言っておまつの膝先に置いた。

湯飲みが欲しかったわけではない。おまつと娘が暮らしに困っているようなので、いくらかでも足しになればと思ったのである。それに、話を訊く袖の下でもあった。

「…………」

おまつは怪訝な顔をして、八九郎を見た。何のために一分も出したか分からなかったのであろう。

「おれは、清吉に世話になったことがあるのだ。もっとも数年前のことで、清吉も忘れているだろうがな。……人込みで財布を掏られて難儀しているとき、通りかかった清吉に一分都合してもらったのだ」

八九郎は適当な作り話を口にした。奉行所の者だと明かしてもよかったのだが、牢人体では、おまつが信じないだろうと思ったのである。

「そうですか」

おまつは、首をひねっていた。半信半疑なのだろう。

「実は、清吉が何者かに斬り殺されたと聞いてな。おれにも、何かできることがあればと思って来てみたのだ」

八九郎はやさしい物言いをした。

すると、おまつの顔が悲痛にゆがみ、

「で、でも、もう、遅いんです」

と、涙声で言った。

「清吉は、小名木川沿いで斬られそうだが、何か心当たりはないのか」

八九郎が訊いた。

「ありません……」

「町方は辻斬りだとみているようだが、大金を持っていたのか」

瀬戸物屋の親爺が、大金を持っていたとは思えなかった。

「い、いえ、わずかしか持っていなかったはずです」

「財布はなくなっていたのか」

「は、はい」

「店仕舞いした後のようだが、清吉はどこへ行ったのだ」

「高橋の近くにある松井屋《まついや》さんです」

高橋は小名木川にかかる橋である。おまつによると、松井屋は料理屋とのことだった。

「商いの相談か」

「それが、借金のことで……。借金の取り立てがひどくて。うちのひとは、すこし待ってくれるよう、掛合いに行ったのです」

その日、金貸しの方から松井屋に来るようにとの話があって、出かけたという。

「大金を借りたのか」

島村屋のこぢんまりとした店構えから見て、それほど手広い商いではないはずである。奉公人がいたとしても、せいぜいひとりかふたりだろう。商売がうまくいかなくて、大金を借りたとは思えなかった。

「そ、それが、博奕《ばくち》に手を出したらしくて……」

おまつは視線を膝先に落として、苦悶の表情を浮かべた。

「博奕だと」

八九郎は、驚いた。清吉が博奕に手を出していたことは知らなかったのだ。

「それが、松井屋で知り合った客に誘われて、内輪だけでやったそうです」

おまつが話したことによると、清吉はときおり取引先やお得意と松井屋で飲むことがあったという。そのようなおり、たまたま知り合った客に、おもしろいところがあるので、行ってみないかと誘われ、海辺大工町の妾宅ふうの家へ連れていかれたという。

そこが賭場だった。清吉は、博奕などに縁はなかったが、内輪だけの手慰みだと言われ、集まっている客も商家の旦那ふうの男ばかりだったので、その気になり、すこしばかり駒を張ったという。

すると、どういうわけか、つきまくり、五両もの大金を手にした。これで、病み付きになった清吉は、誘われるままに三度、四度と通い、手持ちの金がなくなると、二両、三両と借りたという。

「……気が付いたときは、借金が三十両ほどにもなっていました。そこまで借金がかさんで、うちのひとは、やっと正気になり、わたしに何もかも話したのです」

おまつは、ときおり胸に嗚咽《おえつ》が衝き上げてくるらしく声をつまらせてしゃべった。

「それでどうした」

八九郎は先をうながした。

「うちのひとは、売れる家財道具は始末し、親戚筋や得意先に頭を下げてまわって、やっと三十両の金を工面して返しました。ところが、金貸しは、利息がかさんだので、後二十両残っていると言い出したのです」

おまつによると、さらに二十両の金はどんなことをしても工面できなかったし、そもそも三十両には利息がくわえられた額だったので、清吉は金貸しに談判に行ったという。すると、金貸しは松井屋で相談したいと言って、清吉を呼び出した。その帰りに、清吉は何者かに襲われて斬り殺されたというのだ。

「その金貸しだが、名は分かるのか」

八九郎が訊いた。

「うちのひとは、丹右衛門と言ってました」

「なに、丹右衛門だと！」

思わず、八九郎の声が大きくなった。

……やはり、同じ筋だ。

と、八九郎は確信した。

島田一座に金を貸したのも、丹右衛門だった。事件の裏に、丹右衛門の影がちらついている。

「それで、丹右衛門の住まいは分かるか」

「い、いえ……。うちのひとは、松井屋さんで顔を合わせただけで、住まいはどこか知らないと言ってました」

「丹右衛門が、どんな男か分かるといいのだがな。……清吉を殺した下手人が分かるかもしれないのでな」

「五十がらみの恰幅のいいひとだ、と言ってましたが」

おまつは首をひねった。それ以上は、分からないらしい。

「そうか」

八九郎は、丹右衛門をつきとめる手はあるだろうと思った。松井屋の者に訊いてもいいし、手先の浜吉が西浜界隈を聞き込みでまわっているので、何か出てくるかもしれない。

「ところで、借金はどうなったのだ」

清吉が殺されて、帳消しというわけにはいかないだろう、と八九郎は思った。

「丹右衛門から使いの男が来て、この店は借金の形になってるので、出て行けと言われました」

「源蔵という男ではないのか」

「そうです」

「やはりそうか。……ところで、おまつさんたちはどうする気なのだ」

八九郎は、源蔵たちがこの店にくるなら、掛け合ってやってもいいと思った。

「どうせ、ここにいても、暮らしていけませんから……」

おまつが肩を落として話したことによると、草加の在に実家があるので、近いうちに娘のおうめを連れて行くつもりだという。

「なんとか、おうめとふたりで生きていきます」

おまつがうなだれて言い添えた。おうめはまだ七つなので、母子ふたり、ここにいても暮らしの糧《かて》がないという。

「清吉の敵《かたき》は、おれが取ってやろう」

八九郎は、そう言い置いて腰を上げた。それ以上、おまつから訊くこともなかったのである。

3

八九郎と彦六は島村屋を出ると、大川端を両国の方へ足をむけた。

夕陽が、大川の対岸にひろがる日本橋の家並の先に沈みかけていた。鴇色《ときいろ》の薄雲のなかに、鬼灯《ほおずき》のような夕日がぼんやりと浮かんでいる。雀色時《すずめいろどき》と呼ばれるころである。

大川端にはぽつぽつと人影があったが、通り沿いは店仕舞いした店が多かった。風のない静かな日で、汀《みぎわ》に寄せる大川の波音が妙に大きく聞こえてくる。

「旦那、丹右衛門ってえやつが、後ろで糸を引いてるようですね」

歩きながら、彦六が小声で言った。

「そのようだな」

「どうしやす」

彦六が訊いた。

「彦六、丹右衛門をつきとめてくれんか」

「やってみやしょう」

彦六が低い声で言った。底びかりする目には、やり手の岡っ引きらしい凄みがあった。

ふたりは、小名木川にかかる万年橋のたもとまで来ると、右手にまがった。小名木川沿いの道を東にむかい、おまつの話に出た松井屋だけでも見ておこうと思ったのである。

しばらく歩くと、前方に高橋が見えてきた。淡い暮色のなかに、橋梁が黒く浮き上がったように見えている。

「旦那、あれが、松井屋でさァ」

彦六が前方を指差した。

高橋のたもと近くの川沿いに、料理屋らしい二階建ての店が見えた。すでに、客がいるらしく、二階の座敷の障子が明らんでいた。艶かしい嬌声や男の哄笑などが、かすかに聞こえてくる。

「旦那、どうしやす」

彦六が足をとめて訊いた。

「今日は、このまま帰ろう。いずれ、店の者に、話を訊くことがあるかもしれないがな」

八九郎は、丹右衛門と何かかかわりのある店かもしれないと思ったのである。

八九郎と彦六は、松井屋の前を通り過ぎ、高橋を渡って大名の下屋敷の前へ出た。そして、表門の前を通って本所の方へ足をむけた。大川端へはもどらず、そのまま本所へ出てから両国へ帰ろうと思ったのである。

そこは南森下町だった。通り沿いは店仕舞いした小体《こてい》な表店がつづき、人影もなくひっそりとしていた。淡い夕闇が町筋をつつんでいる。

そのとき、八九郎は背後にかすかな足音を聞いた。それとなく振り返ると、ひとりの武士がついてくる。羽織袴姿で二刀を帯びていた。御家人か、江戸勤番の藩士といった格好である。遠方のため顔は見えなかった。

いっとき歩くと、背後の足音が大きくなった。見ると、間がだいぶつまっている。武士は小走りになっていた。どうやら、八九郎たちを追ってきたようである。

中背で撫で肩。首が太く腰が据わっている。小走りの姿にも隙がなかった。剣の遣い手のようである。

……何者であろう。

八九郎は、武士に見覚えはなかった。

「旦那、前にもいやすぜ」

彦六が八九郎に身を寄せて言った。

見ると、半町ほど先の町家の軒下に人影があった。大柄な男である。牢人ふうだった。大刀を一本落とし差しにしている。

……やつは、近江屋を脅した男だ！

八九郎は、その体軀に見覚えがあった。源蔵といっしょに近江屋にあらわれた牢人である。

「彦六、どうやら、おれたちは待ち伏せされたようだぞ」

八九郎が声を殺して言った。

「旦那、逃げやしょう」

「逃げられそうもないな」

八九郎は足をとめた。通りの左右は小体な店が軒を連ねていた。近くに駆け込むような脇道はなかった。ふたりの男は逃げ道のない通りで、前後から挟み撃ちにするためにここで仕掛けてきたのであろう。

それに、八九郎には中背の武士の正体をつきとめたい気もあったのだ。

「やつらの狙いは、おれだ。彦六は、後ろに下がっていてくれ」

「旦那、あっしもやりやすぜ」

彦六は目をつり上げてふところに手を突っ込んだ。ふだん、十手は持ち歩いていないが、今日は持参しているようだ。

「彦六、十手は見せるな。こいつを遣え」

八九郎は、小刀を鞘ごと抜いて彦六に手渡した。

町方だと、知られたくなかったのだ。それに、ふたりの武士に十手は通用しないだろう。小刀も役にはたたないだろうが、素手よりはいい。

ふたりの武士は、八九郎たちに近付いてきた。そして、無言のまま中背の武士が八九郎と相対した。大柄な牢人は、八九郎の左手にまわり込んできた。八九郎の脇にいる彦六は、無視しているようである。

「おれに、何か用か」

八九郎は相対した男を見すえて訊いた。

三十代半ばであろうか。鼻梁が高く、眼光のするどい男だった。中肉中背だが、やはり首が太く、胸が厚かった。手足も太く、武芸の修行で鍛え抜かれた体であることが見てとれた。

「おぬしは、何者だ。ただの鼠ではあるまい」

中背の男が誰何した。

「そっちこそ、何者だ」

八九郎も、ただ者ではないと察知した。

「名乗る訳にはいかぬが、おぬしに忠告しておく。この件から手を引け！」

男の声に恫喝するようなひびきがくわわった。

「すると、おぬしも金貸しの一味か」

八九郎が訊いた。

「命が惜しかったら、いらぬ詮索はせぬことだ」

「どうやら、そこにいる図体のでかい男と同類のようだな」

「おぬし、命がいらんのか」

男の顔に、怒りの色が浮いた。

そのとき、大柄な牢人が、

「面倒だ、斬ってしまおう」

言いざま、長刀を抜き放った。

「よかろう」

中背の男は刀を抜いて青眼に構えると、切っ先を八九郎の目線につけた。

八九郎も抜刀し、下段に構えた。刀身をやや寝せて、切っ先を敵の右膝あたりにつけた。そのまま左手にも斬り上げられる構えだった。左手に立った牢人に対応するためである。

中背の男の間合はおよそ三間。まだ、斬撃の間合の外である。

男はゆったりと構えていた。八九郎の目線につけられた切っ先には、そのまま眼前に迫ってくるような威圧があった。

……手練《てだれ》だ！

八九郎は全身が顫えた。

恐怖ではなかった。剣客が遣い手と対峙したときに生じる武者震いである。中背の男の顔にも驚きの色が浮いた。八九郎が、これほどの遣い手とは思わなかったのだろう。

だが、八九郎の顫えも男の驚きの色もすぐに消え、表情のない顔にもどった。相手を見すえた双眸《そうぼう》だけが、するどいひかりをはなっている。

中背の男が趾《あしゆび》を這《は》うようにさせ、ジリジリと間合をせばめてきた。ふたりの放つするどい剣気が、大気を震わせている。

静寂のなかで、異様な緊張が周囲を支配していた。気合も、息の音も聞こえなかった。足裏で地面を擦る音だけが、ちいさな生き物でも蠢《うごめ》いているように聞こえてくる。

ふいに、中背の男の寄り身がとまった。一足一刀の間境の半歩手前である。

ふたりは動かなかった。激しい剣気を放ち、気魄《きはく》で敵を攻め合っている。

数瞬が過ぎた。

フッ、と中背の男が剣尖を下げた。

刹那、中背の男の全身から稲妻のような剣気がはしった。間髪を入れず、八九郎の体が躍動した。

タリヤッ！

トオッ！

ふたりの気合がほぼ同時にひびき、二筋の閃光がはしった。

中背の男の刀身が青眼から真っ向へ。

八九郎の刀身が、すくい上げるように逆袈裟に伸びる。

キーン、と甲高い金属音がひびき、男の刀身が撥ね上がった。八九郎の刀身が男の斬撃をはじいたのである。

次の瞬間、八九郎は左手に体をひねりざま、刀身を斜に斬り下げた。左手から袈裟に斬り込んできた牢人の斬撃を受けたのである。

牢人は刀をはじかれ、勢い余ってたたらを踏むように泳いだ。

そのとき、八九郎は耳元でかすかに刃唸りの音を聞き、咄嗟に左手に跳んだ。中背の男の斬撃が、八九郎の肩先を襲ったのだ。

八九郎の着物の肩先が裂け、疼痛《とうつう》がはしった。中背の男の切っ先をあびたのである。八九郎は、さらに大きく背後に跳んで間合をとった。

あらわになった八九郎の肩先に血の色があった。だが、浅手である。八九郎が咄嗟に左手に跳んだため、男の斬撃をまともに受けずにすんだのだ。

「次は、首を落としてくれよう」

男はふたたび青眼に構えた。口元に薄笑いが浮いている。

……このままでは、斬られる！

と、八九郎は察知した。

中背の男と牢人のふたりが相手では、勝ち目がなかった。八九郎は下段に構えたまま後じさった。中背の男との間合を取って、逃げ道を探そうとしたのである。

と、そのとき、何かが体に当たるにぶい音がし、左手にいた牢人が呻き声を上げてのけ反った。

石礫《いしつぶて》だった。彦六が、すこし離れた場所から、足元の石をつかんで牢人に投げつけたのだ。それだけではなかった。つづいて、彦六が、

「助けてくれ！　辻斬りだ！」

と、大声を上げたのだ。

すると、遠方で蹄《ひづめ》の音が聞こえた。見ると、馬に乗った武士が、数人の従者を連れて近付いてくる。旗本らしい。供の者は数人の若党と侍、それに馬の口取りと挟み箱をかついだ中間がいた。屋敷へ帰る途中であろうか。彦六は、その一行を目にして、

助けを呼んだらしい。

中背の男は近付いてくる一行に目をむけ、逡巡《しゅんじゅん》するような顔をしたが、

「邪魔が入ったか」

と言って、切っ先を下ろした。

「勝負はあずけた」

と言い残し、中背の男が反転した。

中背の男が小走りにその場を離れると、牢人も慌てて後を追った。

「命拾いしたようだな」

八九郎は、去って行くふたりの背を見つめたままつぶやいた。このままつづけていたら、八九郎はふたりに斬られていただろう。

「旦那ァ！」

彦六が駆け寄ってきた。

4

「嵐の旦那、ちょいと、顔を出してくだせえ」

垂れ下がった莨莚の向こうで、声がした。

歌川一座の小屋の楽屋で横になっていた八九郎が、むくりと身を起こした。若い男の声である。どこかで聞いたような声だが、思い出せなかった。

筵の間から小屋の外に出ると、稔造が立っていた。小暮に仕えている小者である。何かあったらしく、稔造の顔がこわばっていた。

「どうした？」

「小暮の旦那に、すぐお呼びするように言われて来やした」

稔造は荒い息を吐きながら言った。よほど急いで来たらしい。

「小暮はどこにいる」

「浜町河岸の千鳥橋の近くでさァ」

「何かあったのか」

「峰吉《みねきち》親分が、殺られやした」

峰吉は小暮が手札を渡している岡っ引きである。三十代半ばの腕利きの岡っ引きだった。八九郎も何度か顔を合わせたことがあった。

「行こう」

小屋から両国広小路の人混みのなかへ出た八九郎は、稔造につづいて広小路を横切り、米沢町の町筋へ入った。日本橋方面へ路地をたどれば、浜町堀はすぐである。

浜町堀に突き当たり、左手にまがって河岸沿いをいっとき歩くと、前方に浜町堀にかかる千鳥橋が見えてきた。

「旦那、あそこでさァ」

歩きながら、稔造が指差した。

八九郎にも見えていた。千鳥橋のたもと近くに、人だかりがしていたのだ。通りすがりのぼてふりや店者《たなもの》、半纏《はんてん》姿の職人らしい男、近所の女房や子供などが、堀の岸際に人垣を作っていた。そのなかに岡っ引きらしい男や八丁堀同心の姿もあった。

近付くと、同心は小暮と守山であることが知れた。

「前をあけてくんな」

稔造が声を上げると、人垣が左右に割れた。

人垣のなかほどに立っていた小暮が八九郎に気付いて、ちいさくうなずいた。声はかけなかった。人前で話して、八九郎の身分が知れるのを恐れたのであろう。

八九郎も小暮に声をかけず、すこし離れた場所で足をとめた。

小暮の足元に、男が横たわっていた。仰向けになった顔を見て、すぐに峰吉であることが分かった。

峰吉は目を見開き、口を大きく開けて歯を剝き出している。何かに嚙みつこうとでもしているように見えた。恐怖と苦悶の形相《ぎょうそう》である。縞柄の小袖が肩先から胸にかけて斬り裂かれ、どす黒い血に染まっていた。肩先の傷口がひらき、截断された鎖骨が白く覗いている。

……同じ手だな！

豊助と清吉と同じ刀傷である。おそらく、同じ下手人の仕業であろう。

そのとき、八九郎の脳裏に、南森下町で襲ってきた中背の武士と牢人がよぎった。どちらかの手にかかったのではないかと思ったが、傷口だけで判断できないと思い、すぐに打ち消した。

八九郎は峰吉の死体を見た後、人垣の後ろへ下がった。守山や岡っ引きたちがいたので、目立ちたくなかったのである。

そのとき、守山の声が聞こえた。

「おい、ここに、つっ立ってたって埒《らち》が明かねえぜ。どうせ、辻斬りにでも殺られたんだろうが、近所で聞き込んでこい。……まったく、だれの指図かしらねえが、うろちょろ歩きまわるからこういうことになるんだよ」

守山が、近くに集まっていた岡っ引きたちに腹立たしそうに言った。

岡っ引きたちが、ふたり、三人とその場を離れていく。聞き込みに、近所をまわるらしい。

……どういうことだ。

と、八九郎は思った。

守山の物言いが、ひどく投げやりだった。

守山は、豊助も検屍していた。刀傷が似ていることは、気付くはずである。当然、同じ下手人と疑っていいはずだが、まったくそのことは口にしなかった。しかも、まったくやる気がないようだった。それに、峰吉が小暮の手先であることも知っているはずである。当の小暮が近くにいるのに、嫌味を口にしただけで、話しかけようともしないのだ。

南北の奉行所の同心たちには、手柄を競い合うところがあるが、守山の物言いは、まるで敵対しているようだった。

小暮は苦々しい顔をして守山に目をやったが、何も言わず、近くにいた岡っ引きに何やら指図してから人垣の外へ出てきた。

八九郎は人垣から離れ、道沿いの表店の間にあった細い路地に足を運んだ。人目につかないところで、小暮と話そうと思ったのである。

小暮は八九郎が人垣を離れたのを見て、後からついてきた。

路地を半町ほど歩いたところで、八九郎は足をとめて小暮が追いつくのを待った。

八九郎は小暮と肩を並べると、

「峰吉を斬ったのは、豊助や清吉と同じ手だぞ」

と、歩きながら言った。

そこは、表長屋や小体な店がごてごてとつづく裏通りで、ぼてふりや長屋の女房らしい女などが行き交っていた。ときおり、八丁堀ふうの格好をしている小暮に不安そうな目をむける者もいたが、立ちどまる者はいなかった。

「峰吉に、清吉に金を貸した男を探らせていたんですがね」

小暮の声には力がなかった。峰吉の死が痛手なのだろう。

「丹右衛門か！」

思わず、八九郎の声が大きくなった。

「よく、ご存じで」

「おれも、丹右衛門を突きとめようと思っていたのだ」

八九郎は、島村屋へ行き、女房のおまつから事情を聞き、事件の背後に金貸しの丹右衛門がいると踏んだことを話した。

「わたしも、同じですよ。峰吉から、丹右衛門のことを聞き、探ってみろ、と指示したんです」

小暮が顔を曇らせた。そのことが、峰吉の命を奪ったと思ったのであろう。

「おれも、命を狙われたのだ。おそらく、そいつらが峰吉を斬ったんだな」

「嵐さまが」

小暮が驚いたような顔をして訊いた。

「そうだ。島村屋へ話を訊きに行った帰りにな」

八九郎は、南森下町で大柄な牢人と中背の武士に襲われたときの様子をかいつまんで話した。

「そいつらが、峰吉を殺ったのか」

小暮が顔に憎悪の色を浮かべて言った。

「ひとりは、遣い手だ。ただのごろんぼう（無頼漢）では、ないぞ」

「今度の事件は、一筋縄じゃァいかないようですね。丹右衛門も、けちな金貸しじゃァないようです」

小暮が虚空を睨むように見すえて言った。その顔が、めずらしくこわばっていた。

「何か、懸念があるのか」

「はい、どうも岡っ引きたちの様子がおかしいんです」

「様子がおかしいとは？」

「岡っ引きたちが、今度の件では二の足を踏んでいましてね。本腰を入れて探ろうとしないんです」

「どういうことだ」

「わたしにも分からないんですが、どうも何かを怖がっているような節がありましてね。下手に動くと、殺されるとでも思ってるかもしれません。……峰吉が、殺されたことで、さらに腰が引けますよ」

「うむ……」

岡っ引きたちが、迂闊《うかつ》に手の出せないような大物が事件に裏にいるというのであろうか。丹右衛門だけではないのかもしれない。

「それに、手先だけじゃァないようです。どうも、南町《みなみ》奉行所の定廻りの様子がおかしい。まともに、探ろうとしないんです。さきほど、峰吉の検屍に立ち合った守山を見たでしょう。あれじゃァ、探索に手を出すなと言ってるのと同じですよ」

そう言って、小暮が顔をしかめた。

「うむ……」

八九郎も、守山には町方同心として下手人をつきとめようとする気がない、と見てとっていた。

「南町奉行の駿河守《するがのかみ》さまの指図と思えないが」

小暮がつぶやいた。

このとき、南町奉行は矢部《やべ》駿河守定謙《さだのり》で、この四月に奉行の職についたばかりである。この年の十二月、矢部はわずか八ヵ月の在任期間で、妖怪と恐れられた鳥居甲斐《とりいかい》守忠輝《かみただてる》の狡智にたけた策謀に嵌《は》まって、奉行の職を追い落とされるのだが、このときはまだ奉行職に邁進《まいしん》していたのである。

「駿河守さまが、かかわっているはずはない」

まだ、矢部は奉行職について半月たらずである。自分から、事件の探索について同心たちに、こまかい指示を出すなど考えられなかった。

「いずれにしろ、此度《こたび》の事件は奥が深いようだ」

容易ならぬ事件だ、と八九郎は思った。すでに、清吉、豊助、峰吉の三人が殺され、どういうわけか、町方は探索に二の足を踏んでいるのだ。

「それで、旦那、どうします」

小暮が訊いた。

「お奉行にうかがってみるが、小暮は探索をつづけてくれ」

「承知しました」

「気付かれぬように動けよ。何者かはしれんが、おぬしの命を狙ってくるかもしれんからな」

「嵐さまも、ご油断なきよう」

小暮は小声で言って、八九郎のそばから離れていった。

5

翌早朝、八九郎は呉服橋に足をむけた。北町奉行所へ行き、奉行の遠山に会うためである。

呉服橋御門を過ぎ、北町奉行所の豪壮な長屋門をくぐった。青石の敷石が奉行所の玄関までつづいている。敷石のまわりには、那智黒《なちぐろ》の玉砂利が敷きつめられ、朝陽に黒くひかっていた。

八九郎はその玉砂利を踏んで、奉行所の裏手へまわった。奉行の住む役宅は裏手にあったのだ。

八九郎は裏玄関の脇の用部屋に顔を出した。そこに、奉行に取り次いでくれる家士がひかえている。

用部屋に座して茶を飲んでいた老齢の武士が、八九郎の顔を見ると、

「おお、嵐どの、お久し振りでござるな」

と言って、目を細めて腰を上げた。

武藤《むとう》繁右衛門《しげえもん》。遠山に長年仕えている用人のひとりで、八九郎とは顔見知りだった。すでに還暦に近い老齢のはずだが、矍鑠《かくしやく》としてきぱきと用務をこなしていた。

「お奉行は、おられるかな」

遠山は登城前のはずだった。通常、町奉行は月番の場合、四ツ（午前十時）前に出仕し、八ツ（午後二時）ごろ奉行所に帰ることになっていた。それから、訴訟文に目を通したり、白洲に座って事件を吟味し、裁断を下したりするのである。

「おられるが、登城前じゃぞ」

武藤が渋い顔をした。

「嵐が来たと、伝えていただけぬかな」

八九郎は、遠山の都合で下城後に出直してもいいと思っていた。奉行はいつも忙しいので、職務の隙に会うしかないのである。

「ここで、待ってくれ」

そう言い残し、武藤は奥へむかった。

用部屋でいっとき待つと、武藤があたふたともどってきた。

「あ、嵐どの、お奉行が会われるそうだ」

武藤が声をつまらせて言った。

八九郎は武藤について、奥座敷に入った。中庭に面した座敷で、ふだん遠山が居間として使っている。

ひらいた障子のむこうに、狭い坪庭が見えた。松と梅が植えられ、ちいさな籬《まがき》と灯籠もあった。

座敷の隅に座していっとき待つと、廊下をせわしそうに歩く足音がし、障子があいて、遠山が顔を出した。小紋の小袖と角帯姿だった。登城用の裃《かみしも》に着替える前らしい。

遠山は四十九歳。面長で眼光のするどい男だった。身辺に覇気が満ち、奉行らしい威風がただよっている。

八九郎が時宜の挨拶を述べようとすると、

「挨拶などよい。ここには、いっときしかおられん。すぐに、用向きを話せ」

遠山は、対座するなり言った。

物言いが、性急で乱暴である。登城前の慌ただしさもあるのだろうが、遠山は八九郎とふたりで話すときは、乱暴な物言いになることが多かった。

遠山は五百石の旗本、遠山景晋《かげみち》の長男に生まれたが、家族関係が複雑だったこともあり、屋敷を出て遊び歩くことが多かった。若いころは「金四郎」と呼ばれ、料理屋や岡場所などに頻繁に出かけ、放蕩無頼な暮らしをつづけていたのだ。

三十三歳になり、晴れて将軍家斉に御目見《おめみえ》がかない、西ノ丸御納戸に出仕した。その後は持ち前の才能を発揮し、階段を駆け上がるように栄進した。そして、昨年の三月、北町奉行に就任したのである。

遠山は若いころ市井で放蕩無頼な暮らしをつづけたせいで、八九郎のような男とふたりだけになると、むかしの地が出て、伝法な物言いがつい口から出てしまうようだ。

巷の遊び人や鳶の間では、遠山の背には若いころ彫った刺青があると噂されていた。桜吹雪という者もいたし、髪を振り乱した女の生首という者もいたが、はっきりしなかった。八九郎も、遠山の背の刺青を見たことはなかった。

「お奉行のお耳に、入れておきたいことがございます」

八九郎が声をあらためて言った。

「なんだ」

「このところ、市中で、町人がつづけて三人殺されました」

八九郎は、清吉、豊助につづいて、町方同心の手の者がひとり殺されたことをかいつまんで話した。ただ、小暮の名と峰吉が岡っ引きであることは話さなかった。岡っ引きは公に認められていないので、奉行の前で口にするのは遠慮したのである。

「つづけて、三人もな」

「それがしも、下手人一味と思われるふたりに襲われました」

「なに、おまえまで襲われたのか」

遠山が驚いたような顔をした。

「それが、ふたりとも腕の立つ武士でございます」

ひとりは牢人だったが、武士であることはまちがいない。

「うむ……。ならず者の喧嘩や追剝ぎの類とはちがうようだな」

遠山の顔がけわしくなった。組織だった集団の犯罪とみたようである。

「お奉行、此度《こたび》の件につき、お上より奉行所に何か沙汰がございましたか」

まさか、南町奉行所の同心が事件の探索に及び腰であるとは言えなかったので、そう切り出したのである。

「いや、何もないが」

遠山は怪訝な顔をした。

「南の駿河守さまから、何かお話がございましたか」

奉行同士で事件の探索にかかわって相談することもあったので、南町奉行の矢部が遠山に何か話したか訊いたのである。

「此度の件では、まったくないぞ」

やはり、矢部の指図で守山が探索の手を抜いているのではなさそうだ。

「それがしが、事件を探ってもよろしゅうございますか」

八九郎は、念のためた遠山の許しを得ようと思ったのだ。

「さっそく、探ってみろ。なかなか根が深そうではないか。事件の筋が知れたら、すぐに知らせろよ」

そう言うと、遠山は腰を上げた。

「心得ました」

八九郎が低頭している間に、遠山は足音だけを残して座敷から出ていった。忙しい男である。

6

深川佐賀町、永代橋のたもと近くに船甚《ふなじん》という船宿があった。八九郎が伊勢崎町の長屋に住んでいたころから贔屓にしていた店である。

この日、暮れ六ツ（午後六時）ごろ、八九郎は船甚の暖簾をくぐった。

「旦那、いらっしゃい」

船宿の女将のお峰《みね》が愛想よく迎えた。

「来てるかな」

「はい、みなさんおそろいですよ」

お峰は、脇の階段を見上げながら言った。二階の座敷に、集まっているらしい。

八九郎は彦六に頼んで、これまで密偵として使ってきた者たちを集めたのだ。総勢五人。彦六、浜吉、町医者の玄泉《げんせん》、三味線師匠のおけい、それに沖山小十郎《おきやまこじゅうろう》という牢人である。

八九郎がお峰につづいて、階段を上がると障子越しに男たちの声が聞こえた。

「みなさん、嵐さまがおみえですよ」

お峰が声をかけて、障子をあけた。

五人が上座をあけて、座していた。まだ、酒肴の膳は用意してなかった。五人の膝先には湯飲みだけが置いてあった。茶を飲んで、待っていたらしい。

「待たせたな」

八九郎は上座に腰を下ろし、お峰に酒肴を運ぶよう頼んだ。

いっときし、運ばれてきた酒を酌み交わした後、

「手分けして、探ってもらいたいことがあってな」

と、八九郎が切り出した。

「頭《かしら》が襲われたそうだが、その件か」

玄泉が、胴間声で訊いた。玄泉の物言いは、乱暴である。武士でないこともあって、八九郎を上司というより、仲間のように思うところがあるのである。

玄泉は町医者だった。三十代半ば、ずんぐりした体軀で赤ら顔。首と手足が異様に太く、胸も厚かった。目がギョロリとし、唇がやけに大きい。坊主頭のため、怪僧を思わせるような異様な風貌の主である。

ふだんは、黒羽織、小袖姿で、商家の隠居のような格好をしていた。町医者らしい格好より、岡場所や賭場へ出入りしやすかったからである。

半年ほど前、八九郎が本所の大川端を通りかかったとき、玄泉が棒や匕首を手にした数人のならず者に襲われていた。玄泉は素手だったが、ならず者のひとりから六尺ほどの棒を奪い取り、必死で抵抗していた。だが、取り囲まれ、四方から襲いかかられて、あわやという状況になった。

八九郎は玄泉を助けた。争いの原因は知らなかったが、数人のならず者がひとりを取り囲んで打擲《ちょうちゃく》するのを見ていられなかったのである。

八九郎が刀をふるってならず者を追い払うと、玄泉は血まみれの坊主頭を手で撫でながら、助けてもらった礼も言わずに、

「見事な腕だな」

と、薄笑いを浮かべて言った。いまにも、なぶり殺しに遭いそうだったのに、まるで他人事のような面《つら》をしている。

「おまえ、何をしたのだ」

八九郎が歩きながら訊いた。

「なに、繁蔵《しげぞう》という貸元の賭場で、ちょっとしたいざこざがあっただけだ」

玄泉が八九郎と肩を並べて歩きながら話したことによると、初めての賭場で大勝ちしたため、跡を尾けられて襲われたのだという。

「大勝ちといってもな、たかが十両だぞ。繁蔵も、肝っ玉のちいさい男だ。あれでは、いずれ客がよりつかなくなるな」

玄泉は、流れ出る額の血を手の甲でぬぐいながら言った。

「おまえは、博奕打ちか」

坊主頭の博奕打ちとはめずらしい。

「おれの名は玄泉。町医者だが、まァ、やくざ者とかわらんな。ところで、おぬしは何者だ。ただの牢人には見えんな」

玄泉が、八九郎に探るような目をむけながら訊いた。

「おれか、おまえと同じで、やくざ者とかわらんな」

そのとき、八九郎は内与力のひとりであることは口にしなかった。

「やくざ者同士、一杯やろうではないか。金はある。博奕で勝った金がな」

そう言って、玄泉は大川端にあった料理屋に八九郎を連れていった。

その夜、八九郎は飲みながら玄泉と話しているうち、

……この男なら、密偵に使えそうだ。

と、思った。

豪胆で、侠気があった。一匹狼で、どこへもぐり込んでも、不審を抱かれるような

ことはなさそうだった。それに、賭場や岡場所などにもくわしいらしい。

「玄泉、どうだ、おれの下で働いてみないか」

八九郎は、奉行直属の影の与力であることをそれとなく話した。

「おもしろい。おぬしが頭なら、やってもいい」

玄泉は目をひからせてうなずいた。


八九郎は座敷に集まった五人に目をやりながら、

「おれを襲ったふたりは、すでに三人も斬っているようなのだ」

そう言い、これまでの経緯をかいつまんで話した。

「それじゃァ、あたしらの仕事は、金貸しの丹右衛門の居所をつきとめることだね」

三味線師匠のおけいが言った。

おけいは大年増だった。色白で鼻筋がとおり、形のいい唇をしている。ただ、女にしては目がけわしく、妖艶な感じがする。

おけいは三年ほど前まで、柳橋《やなぎばし》の料亭で座敷女中をしていた。そのころから、八九郎はおけいを馴染みにしていた。おけいは三味線が得意で、酔うと小唄を口ずさみながら八九郎にしっとりした三味線の音を聞かせてくれたものだ。

のである。

その後、おけいの三味線の師匠が亡くなったため、その跡を継いで師匠に収まった

八九郎は、おけいにも密偵の話を持ち込んだ。密偵といっても、おけいの場合は相手を尾行したり、屋敷に忍び込んだりするのは無理である。三味線の弟子の芸者や町娘、それにいまでも懇意にしている座敷女中などから話を聞いたり、ときには料理屋や料理茶屋の女将などに頼んで宴席に出て、客の話を盗み聞く程度のことである。それでも、思いも寄らない重大な情報を聞き込んでくることがあり、八九郎には大きな戦力となったのだ。

「そういうことだ」

八九郎が言うと、それまで黙って聞いていた沖山が、

「ふたりの武士の所在をつかめば、そこから手繰ることもできるな」

と、低い声で言った。

沖山は寡黙な男で、仲間の者たちが集まっても黙って聞いていることが多かった。歳は二十七。独り暮らしの牢人で、一刀流の遣い手であった。

八九郎は伊勢崎町の伝次郎長屋に住んでいたころ、近くの一膳めし屋にときおり酒を飲みにいったが、そこで沖山と知り合ったのだ。

八九郎は沖山の一刀流の腕に惚れ込み、密偵のひとりにくわえたのである。ただ、沖山も他の密偵と同様、手先というより仲間の感が強かった。それだけ、五人の密偵は個性的で、一筋縄ではいかない者たちであったのだ。

それから、八九郎はこれまで探ったことを話したり、今後の探索の仕方などを指示したりしながら一刻（二時間）ほど飲んだ。

そして、話が一段落したところで、八九郎は、

「油断するなよ。一味の者たちが探索に気付けば、命を狙ってくるぞ」

そう言い置いて、腰を上げた。

7

玄泉は、海辺大工町の裏路地を歩いていた。表長屋や小体な店が軒を連ねている路地である。玄泉は賭場を探していた。二年ほど前、この路地の一角にあった仙五郎《せんごろう》という渡り中間あがりの男が貸元をしている賭場で遊んだことがあったのだ。

玄泉は八九郎や彦六から話を聞いた後、

……源蔵をおさえるのが早いな。

と、思った。そして、源蔵が姿を見せた場所から推《お》して、源蔵の塒《ねぐら》は深川のどこかにあるにちがいないと踏んだ。

まず、玄泉は深川の賭場に狙いをつけた。すぐに頭に浮かんだのが、仙五郎の賭場である。仙五郎の賭場は海辺大工町にあった。しかも、金貸しの舞台になったらしい松井屋も海辺大工町にあるのである。

……源蔵は、仙五郎の賭場に顔を出してるはずだ。

玄泉は、そう睨んだのである。

玄泉は路地をいっとき歩き、下駄屋の脇に稲荷があるのを目にした。

……たしか、この稲荷の裏手だったな。

その稲荷を覚えていた。赤い鳥居の脇に細い路地があり、その突き当たりが仙五郎の賭場だったはずである。

「ここだ、ここだ」

路地の突き当たりに、板塀をめぐらせた妾宅ふうの仕舞屋《しもたや》があった。そこが、賭場である。

玄泉は、稲荷の境内を囲っている樫《かし》の葉叢《はむら》の間から、仕舞屋に目をやった。枝折《しお》り戸《ど》の脇に三下らしい若い男が屈んでいた。見張りと、客の出迎え役らしい。賭場はひらいてるとみていいだろう。

……さて、どうしたものか。

玄泉は賭場へ行き、博奕を打ちながら客たちの話に耳をかたむけるのも手かと思ったが、それでは源蔵の話がいつ聞けるか分からない。玄泉は気長な手を好まなかった。

話の訊けそうなやつをつかまえた方が早い、と思い、玄泉は稲荷の境内に身をひそめて客が出てくるのを待つことにした。

陽は西の家並のむこうに沈みかけていた。そろそろ暮れ六ツ（午後六時）であろう。まだ、賭場はひらいて間もないとみえ、出てくる客はいなかった。商家の旦那ふうの男や職人、遊び人ふうの男などが、ひとり、ふたりと、稲荷の脇の路地をとおって仕舞屋に入っていく。

玄泉がその場に身をひそめて、半刻（一時間）ほどしたときだった。仕舞屋の枝折り戸を肩先で押して、路地へ出てきた男がいる。三十がらみと思われる遊び人ふうの男である。弁慶格子の単衣《ひとえ》を裾高に尻っ端折りしている。濃い暮色のなかに、両脛が白く浮き上がったように見えていた。

……あの男に訊いてみるか。

仙五郎の賭場の様子を知っていそうである。

男は博奕に負けたのか、肩を落とし、渋い顔をして稲荷の脇の路地を歩いてくる。

「兄《にい》さん、ちょいと待ちな」

玄泉は樹陰から路地へ出て、声をかけた。

「な、なんでえ、いきなり出てきやがって」

男が、ギョッとしたように足をとめた。顔に、驚きと不安の色が浮いている。玄泉の坊主頭の異様な風体を見て、何者なのか見当がつかなかったのだろう。

「おれは、町医者の玄庵《げんあん》だ。おまえに、訊きたいことがあってな」

玄泉は偽名を遣った。町医者とも言いたくなかったが、それらしい格好をしているので仕方がない。

「医者が、何を訊きてえ」

男の顔から不安の色が消えなかった。

「医者だが、病人を診るより、こっちの方が好きでな」

玄泉は薄笑いを浮かべながら、壺を振る格好をして見せ、つっ立っていては、話しづらい、と言って、ゆっくりと稲荷の前の路地を歩きだした。

男は、医者が博奕とはめずらしい、と小声で言って、跟《つ》いてきた。

「おまえ、その顔では付きがなかったな」

玄泉はそう言うと、ふところから財布を取り出し、

「取っておけ」

と言って、一朱つまんで、男の手に握らせてやった。袖の下というより、この男を手なずけようと思ったのである。

「こいつは、すまねえ」

男はニンマリして、銭がわずかしか残っていないらしい巾着に入れた。

「それで、おまえの名は」

「熊次郎《くまじろう》でさァ」

「いい名だ。……それでな、仙五郎の賭場で遊ばせてもらおうと思ってきたのだが、途中、遊び仲間から、嫌なことを聞いたのだ」

玄泉が熊次郎に身を寄せて小声で言った。

「嫌なことって、何です」

熊次郎が、玄泉の顔を覗き込むように見ながら訊いた。

「源蔵だ。あの賭場には、源蔵や仲間が出入りしているというではないか」

「源蔵ねえ。どんなやつです」

熊次郎が首をひねった。すぐに、思い当たらないらしい。

「歳は三十がらみ、眉や髭の濃い、悪党面《あくとうづら》している男だ」

玄泉は八九郎から聞いていた源蔵の人相を口にした。

「あの、源蔵……」

熊次郎の顔がこわばった。源蔵を恐れているのかもしれない。

「何年か前に、賭場で源蔵に痛め付けられたことがあってな。やつのいる賭場には、足をむけないことにしているのだ。それで、やつは賭場にいるのか」

「今日は、来てねえよ」

「仲間の牢人はどうだ。何ていったかな、図体のでかい男で、たしか頬に刀傷があったな」

牢人の人相も、八九郎から聞いていたのである。

「渡辺《わたなべ》さまか」

「そうだ、渡辺という男だ。……で、渡辺はどうだ。来てるのか」

牢人の名は渡辺らしい。

「渡辺さまも来てねえよ」

熊次郎によると、源蔵も渡辺もこのところ何日か、賭場には顔を出さないという。

「そうか。ところで、源蔵だがな。この近くに塒があると聞いてるんだが、まさか、この辺りを歩いていて、顔を合わせるようなことはあるまいな」

玄泉はそう言って、怖気《おぞけ》をふるうように身を顫わせて見せた。

「そこまで、気にするこたァねえよ。源蔵の塒は、海辺橋の近くの長屋だと聞いたことがあるぜ」

「海辺橋か」

仙台堀にかかる橋である。玄泉は、これだけ聞けば、源蔵の塒はつきとめられるかもしれないと思った。

それから、玄泉は渡辺の住まいも訊いたが、熊次郎は知らないらしく、首を横に振った。

玄泉は足をとめ、

「熊次郎、源蔵と渡辺に、おれのことは内緒だぞ。後が怖いからな」

そう言って、熊次郎と別れた。

翌日、玄泉は海辺橋へ行ってみた。橋の北側のたもとを挟むように伊勢崎町と西平野町がひろがり、橋の南側は万年町だった。

北側のたもとに、団子屋があったので、店先にいた親爺に話を訊いてみることにした。

玄泉は団子を買ってから、

「この近くに源蔵って男が住んでるはずだが、知ってるか」

そう言って、源蔵の年格好と人相を話した。

「知ってるよ」

親爺が顔に嫌悪の色を浮かべた。どうやら、源蔵を嫌っているらしい。

「どこだい」

「橋を渡った先に増福寺《ぞうふくじ》ってえ寺がある。その前の甚五郎《じんごろう》店だ」

親爺が、つっけんどんに言った。

「手間を取らせたな」

玄泉は海辺橋を渡り、万年町へ出た。

増福寺はすぐに分かった。鬱蒼と枝葉を茂らせた杉や松の杜《もり》に囲まれた古刹《こさつ》である。増福寺の向かいは、道沿いに町家がつづいていた。寺の斜前に小体な瀬戸物屋があり、その脇に路地木戸があった。木戸の先が長屋になっている。

瀬戸物屋に立ち寄ってあるじに話を訊くと、その長屋が甚五郎店だという。念のために、源蔵のことを訊くと、甚五郎店に三年ほど前から住んでいるそうだ。

……やっと、尻尾をつかんだぜ。

玄泉はニヤリと笑った。

第三章　番頭の死

1

増福寺の山門の脇に、ふたりの男が身をひそめていた。彦六と浜吉である。ふたりは、斜向かいにある路地木戸に目をやっていた。甚五郎店から出てくる源蔵を尾けるためである。

彦六と浜吉が、その場にひそんで、半刻（一時間）ほど経っていた。そろそろ暮れ六ツ（午後六時）だが、まだ、源蔵は姿を見せなかった。

彦六たちが、甚五郎店に源蔵がいることを知ったのは、二日前だった。

その日、玄泉が歌川一座の小屋に姿を見せ、源蔵の塒をつきとめたことを八九郎に伝えたのである。

「さすが、玄泉、やることが早いな」

八九郎が感心したように言った。

「それで、どうする。源蔵をとらえて締め上げるのも手だが」

玄泉が訊いた。

「いや、しばらく、泳がせておこう。源蔵が捕らえられたことを知ると、渡辺ともうひとりの武士、それに肝心の丹右衛門が姿をくらますかもしれんからな」

「その懸念はある」

「源蔵を尾ければ、渡辺たち仲間の居所も知れよう」

源蔵は大事な駒であった。源蔵を泳がせ、他の仲間の塒をつかんでから捕らえても遅くない、と八九郎は思ったのである。

「だが、玄泉は目立つな」

八九郎は、玄泉のような風変わりな男が、同じ場所に何度も姿を見せれば人目を引くだろうと思った。それに、尾行は彦六や浜吉の方が巧みだった。

「源蔵の尾行は、彦六と浜吉に頼もうか」

八九郎が言うと、

「それじゃァ、おれは、吉原へでも行ってみるか」

玄泉がさばさばした口調で言った。玄泉によると、金をつかんだ悪党たちがやることは、博奕か女遊びと相場が決まっているそうだ。これまでに、丹右衛門一味は金をつかんでいるはずなので、吉原にも顔を出しているだろうという。

「吉原は玄泉にまかせるが、金がいるだろう」

玄泉自身も登楼せねば、話も聞けまい。八九郎は財布を出して、軍資金を三両渡した。

吉原で、丹右衛門一味の動向がつかめるとは思えなかったが、八九郎には玄泉に手当を渡す気もあったのである。

「こいつはありがたい。役得だな」

玄泉は、ニンマリして小屋から離れていった。

八九郎はすぐに彦六に会い、浜吉とふたりで源蔵の尾行をするように指示したのである。

八九郎から話を聞いた彦六たちは、この場に身をひそめる前に通り沿いの店に立ち寄って、源蔵のことを訊いていた。その聞き込みから、暮れ六ツごろ、源蔵は長屋から二町ほど離れたところにある一膳めし屋に出かけることが多いと知ったのだ。

「彦六の兄い、源蔵は姿をみせやせんね」

浜吉は、彦六のことを兄いと呼んでいた。

浜吉は二十二歳、色は浅黒かったが、切れ長の目で端整な顔立ちをしていた。スラリとした長身で、豆絞りの手ぬぐいを肩にかけて、貝の剝き身を入れた盤台を担いで売り歩く姿は粋で威勢がよかった。町娘たちにも持てたのである。

一年ほど前、下駄屋の娘が浜吉にのぼせ上がったことがあった。ところが、その娘に遊び人の稲太《とうた》という男が惚れ込み、浜吉を始末してしまおうとつけ狙っていた。

稲太が大川端で、匕首を手にして浜吉に襲いかかったとき、ちょうど商家を強請った嫌疑で、稲太を尾けていた彦六が浜吉を助けたのだ。

それが縁で、浜吉は彦六の下っ引きをするようになり、このことを知った八九郎が密偵のひとりにくわえたのである。

「そろそろ出てくるころだ」

彦六は上空に目をやった。

西の空に残照がひろがっていたが、すでに陽は沈んでいる。通り沿いの表店は店仕舞いし、板戸のしめられた軒下には淡い夕闇が忍び寄っていた。

「兄い、やつだ！」

浜吉が声を殺して言った。

路地木戸から、三十がらみの眉と髭の濃い男が姿を見せた。棒縞の単衣を裾高に尻っ端折りし、肩を左右に振りながら歩いてくる。身辺に野犬のような荒廃した雰囲気がただよっている。

八九郎から聞いていた源蔵にまちがいなかった。

「尾けるぞ」

彦六は、源蔵が半町ほど先に行ってから通りへ出た。

ふたり並んで尾けると、源蔵に気付かれる恐れがあったので、彦六の十間ほど後ろに浜吉がついた。ふたりは、夕闇につつまれた路地の物陰や軒下闇に身を隠しながら源蔵の跡を尾けていく。

源蔵は、通り沿いの一膳めし屋に入っていった。彦六たちが聞き込んでいたひさご屋という一膳めし屋である。源蔵は一杯飲みに来たのであろう。

「兄い、店に入《へえ》りやしたぜ。どうしやす」

浜吉が訊いた。

「おれたちも一杯やろうじゃァねえか」

彦六は、源蔵と直接顔を合わせていなかったので、すこし離れた場所に腰を下ろせば、気付かれることはないと踏んだのだ。

店のなかは、にぎわっていた。いくつかの飯台のまわりで、船頭らしい男、印半纏《しるしばんてん》姿の大工、丼《どんぶり》（腹掛けの前隠し）姿の職人、遊び人ふうの男などが賑やかに飲んでいた。

源蔵はひとり、土間のなかほどの飯台を前に、腰掛けがわりの空き樽に腰を下ろしていた。

彦六は隅の飯台があいているのを見て、そこに腰を下ろすことにした。そこなら、源蔵の背が見えるはずだ。

彦六と浜吉が空き樽に腰を下ろすと、小女が注文を訊きにきた。

「酒と、そうだな、肴は……」

店の板壁に張られた品書きを見ながら、彦六は煮魚と漬物を頼んだ。

煮魚は鰯《いわし》だった。漬物はたくわんと茄子《なす》の糠《ぬか》漬《づ》けである。

「浜吉、おめえも一杯、飲め。やつも、すぐに出やァしねえ」

彦六が銚子を取った。

ふたりはチビチビやりながら、ときおり源蔵の背に目をやった。源蔵はひとりで猪《ちょ》口《こ》をかたむけている。

彦六たちがひさご屋に入って小半刻（三十分）ほどしたときだった。戸口から小柄な男が入ってきた。縞柄の単衣を尻っ端折りした丸顔の男である。

ひとりで飲んでいた源蔵が、入ってきた男の方へ手を上げ、

「政次《まさじ》、ここだ」

と、声をかけた。

小柄な男は、源蔵の脇の空き樽に腰を下ろした。

「浜吉、やつは源蔵の仲間だぜ」

彦六が声をひそめて言った。八九郎から、近江屋に金を強請りにきた源蔵たち三人のなかに、小柄で丸顔の男がいたと聞いていたのだ。男の名は政次らしい。

源蔵と政次は、何やら話しながら酒を飲んでいた。彦六たちは耳を澄ませたが、ぼそぼそとくぐもったような声が聞こえるだけで、まったく話の内容は聞き取れなかった。源蔵たちも用心して声をひそめているようだ。

源蔵と政次が腰を上げたのは、五ツ（午後八時）過ぎてからだった。ふたりが勘定をすませて戸口にむかったのを見てから、彦六たちも腰を上げた。

外は濃い夜陰につつまれていたが、十六夜の月が皓々《こうこう》とかがやいていたので、提灯はなくとも歩けそうだった。

源蔵と政次は、夜陰のなかを甚五郎店の方へむかって歩きだした。

「兄い、どうしやす」

浜吉が訊いた。

「せっかくここまで、ねばったんだ。政次の塒をつきとめようじゃァねえか」

政次も家へ帰るはずである。跡を尾ければ、塒がつかめるだろう。

源蔵と政次の姿が夜陰のなかに遠ざかったとき、彦六たちは跡を尾け始めた。


彦六と浜吉がひさご屋の店先から離れ、その姿が夜陰のなかにまぎれたとき、ひとりの男が戸口にあらわれた。紺の半纏に黒股引《ももひき》姿である。男はふところから茶の手ぬぐいを取り出すと、頰っかむりをして顔を隠した。

男は足音を忍ばせて、夜陰のなかに歩きだした。獲物を追う野獣を思わせるような敏捷な動きである。男の姿はすぐに闇のなかに消えた。闇に溶ける色の衣装に身をつつんでいたのだ。

何者なのか、男は彦六たちの跡を尾けていく。

彦六と浜吉は、背後から尾けてくる男に気付かなかった。政次の跡を尾けることに気を奪われ、まさか自分たちが尾けられているなどとは思ってもみなかったのだ。

政次は仙台堀にかかる海辺橋を渡り、橋のたもとを左手にまがった。慣れた足取りで、堀沿いの道を大川の方へむかって歩いていく。

そこは伊勢崎町だった。伊勢崎町は、仙台堀に沿って長くつづいている。政次はしばらく歩くと、店仕舞いした下駄屋の脇の路地へ入っていった。軒下につるしてあった看板から下駄屋と分かったのである。

路地を入ってすぐ、政次は路地木戸に入っていった。その先に、長屋があるらしい。

「浜吉、やつの塒はここだぜ」

彦六は路傍に足をとめて言った。

「兄い、どうしやす」

「明日だ」

彦六は、念のために近所で聞き込んでみようと思ったのである。

彦六たちがきびすを返して、路地を歩きだしたとき、跡を尾けていた男は下駄屋の軒下闇に張り付くように身を隠していた。そして、目の前を彦六たちが通り過ぎると、闇のなかで歯が白く浮き上がったように見えた。笑ったらしい。

2

深川元町、新大橋のたもと近くに、波乃屋《なみのや》という老舗の料理屋があった。三味線師匠のおけいは、波乃屋の格子戸をあけてなかに入っていった。

波乃屋の女将のお静《しず》は、おけいが柳橋の扇屋《おうぎや》に勤めていたとき、同じように座敷女中をしていた女である。

その後、お静は客だった波乃屋の倅《せがれ》で跡取りの利之助《りのすけ》に見初められ、所帯を持って女将におさまったのだ。

おけいは、お静に訊けば、松井屋のことが分かるのではないかと思い足を運んできたのである。

「いらっしゃい」

姿を見せたのは、若い女中だった。おけいの姿を見て、怪訝な顔をした。大年増がひとりで、店に来たとは思えなかったのだろう。

「女将さん、います。……おけいが来たと伝えてもらえば、分かるんだけど」

おけいは、小声で言った。

「お待ちください」

女中は慌てて奥へむかった。

いっときすると、女中がお静を連れてもどってきた。

「あら、おけいさん、めずらしい」

お静が微笑んだ。何とも色っぽい。二十代後半のはずだが、子供がいないせいか、色白の肌にはまだ娘のような張りとうるおいがあった。

「ちょっと、訊きたいことがあって寄らせてもらったの」

「ともかく、上がって」

お静の口振りは、むかしのままだった。

お静はおけいを帳場近くの小座敷に連れていった。そこは客用の小綺麗な座敷だった。馴染み客やお忍びできた客などを入れる座敷であろうか。

「いま、お茶を淹《い》れるわね」

そう言って、腰を上げたお静を、

「いいの、すぐ帰るから。座って」

おけいは、お静に座ってもらった。これから、客が入って忙しくなるはずである。お静を長く引きとめておきたくなかったのである。

「お静さん、高橋の近くにある松井屋さんを知ってる？」

おけいは、すぐに切り出した。

「ええ」

お静が小首をかしげた。おけいが、唐突に松井屋のことを口にしたからであろう。

「わたしのとこへ、お稽古に来ている娘《こ》がね。松井屋さんに、お勤めに出たいと言ってるんだけど、どんな店かと思って、お静さんに訊いてみようと思ったの。その娘、まだ十六で若いのよ」

おけいはもっともらしい作り話を口にした。

「どんな店かと訊かれてもねえ。繁盛してるらしいけど……」

お静は言葉を濁した。

「店の主人は、どんな人なの」

「たしか蓑造《みのぞう》という名だったかしら。……くわしいことは知らないけど、あまり評判はよくないみたい」

お静が眉宇を寄せた。

お静の話によると、蓑造は若いころ富ケ岡八幡宮界隈で幅をきかせていた遊び人らしいという。

「賭場をひらいていたという噂もあってね。元々松井屋のあるじは、久兵衛《きゅうべえ》さんというひとだったんだけど、博奕に負けて借金がかさみ、店を蓑造さんに居抜きでとられたって噂なのよ」

「そうなの」

博奕で借金し、殺された揚げ句に瀬戸物屋を取られた清吉に似ている、とおけいは思った。

「ねえ、蓑造さんだけど、いまは丹右衛門という名じゃァないの」

おけいは、蓑造と丹右衛門は同一人かもしれないと思ったのだ。

「丹右衛門さんなんて、聞いたことないけど」

お静は首をひねった。

「五十がらみで恰幅のいい人じゃァないの」

おけいは、八九郎から聞いた丹右衛門の年格好と体軀を話した。

「ちがうわよ、蓑造さん、四十がらみで、痩《や》せてるわ」

お静は首を横に振った。どうやら別人らしい。

「ねえ、丹右衛門さんって、聞いたことない。お金持ちで、料理屋によく顔を出すひとらしいんだけど」

おけいは、金貸しとは言わなかった。丹右衛門という名は使っても、金貸しであることは店に伏せておくはずである。

「そういえば、根岸屋《ねぎしや》の女将さんが、豆千代《まめちよ》さんにいい旦那がついたっていってたわね。その旦那の名が、丹右衛門さんだったと思うけど……」

お静ははっきりしないのか、語尾を濁した。

根岸屋というのは柳橋にある置屋である。豆千代は根岸屋にいる芸者で、売れっ子だったが、やや年を食っていた。

「そうなの」

おけいは根岸屋で訊けば、丹右衛門のことが知れるかもしれないと思った。

「ねえ、おけいさん、なんで、そんなこと訊くの」

お静が不審そうな顔をした。おけいが松井屋とは直接関係のない丹右衛門のことを持ち出して執拗《しつよう》に訊いたからであろう。

「いえ、ちょっと丹右衛門さんのことが気になっていたから……」

おけいは首を横に振って、もう、丹右衛門さんのことはやめるわ、と言って、松井屋にいる女中や包丁人などのことに話題を変えた。

それから小半刻（三十分）ほどして、おけいは腰を上げた。

翌日、おけいは柳橋へ行ってみた。根岸屋の女将に丹右衛門のことを訊いてみようと思ったのである。

「あら、おけいさん、めずらしい」

女将はおけいを見ると懐かしそうな顔をした。

すでに、女将は四十過ぎのはずだが、色艶を失わず、子持縞《こもちじま》の着物に路考茶《ろこうちゃ》の帯をしめた姿には、三十そこそこの妖艶さがあった。

「女将さん、丹右衛門さんって方を知ってます？　五十がらみで、恰幅のいいひとなんだけど」

おけいは、すぐに切り出した。

「どうして、そんなことを訊くの」

女将は不審そうな顔をした。

「わたし、近所の料理屋で頼まれて、丹右衛門さんのお座敷で三味線を弾いたことがあるの。そのとき、大金をいただいたので、このままにしておいていいものかどうか迷ってるのよ」

今度は、別の作り話をした。

「もらっておけばいいのよ。丹右衛門さん、お金持ちなんだから」

女将が声をひそめて言った。

「どこで、何をしてるひとなの」

おけいは、丹右衛門の正体をつかみたいと思った。

「深川の八幡さまの近くに店があると聞いてるけど、何の商売かは知らないわ。丹右衛門さんも、ご自分のことはあまり話さないからね」

「柳橋にはよくみえるの」

「一年ほど前からね。豆千代さんを気に入って、贔屓にしてくれてるのよ」

女将は、丹右衛門が姿を見せる店の名を口にした。福田屋《ふくだや》という柳橋でも老舗の料理屋である。丹右衛門は福田屋に来て、豆千代を呼ぶらしい。

おけいは、深川の富ケ岡八幡宮の界隈と福田屋で聞き込めば、丹右衛門の正体がつかめるだろうと思った。

それからいっとき、おけいは丹右衛門のことを訊いたが、それ以上のことは分からなかった。

おけいは女将に礼を言った後、

「女将さん、わたしが丹右衛門さんのことを訊きにきたことは内緒にして。豆千代さんが、気にすると悪いから」

　そう言い残して、根岸屋を出た。

3

「嵐さま、彦六さんがみえてますよ」

　お京が、八九郎のいる楽屋に顔を出して言った。

　八九郎は軽業の衣装を入れた長持に立て掛けてあった刀を手にして立ち上がった。

　すると、お京が八九郎に近付き、

「旦那、彦六さんってどういうひと」

　八九郎を上目遣いに見ながら訊いた。お京の少女のような顔に不審と好奇の色がある。お京は、ときどき姿を見せる彦六に不審をいだいているのかもしれない。

「見たとおり、鼠取りの薬を売っている男だ」

　八九郎はお京や一座の者には、長屋に住んでいたころの飲み仲間と話してあった。

「あやしいわ。……嵐さまも、ただの牢人ではないでしょう」

　お京は、心底を覗くような目で八九郎を見た。

「おれも、見たとおりの貧乏牢人だ」

思わず、八九郎は口ごもった。面と向かって訊かれ、咄嗟にうまい言い訳が浮かばなかったのだ。

「仕事は何をしているの」

お京は、八九郎のたもとをつかんで訊いた。

「何もしておらんが、用心棒かな。ここでも、座頭の厚意で、食わせてもらっているのだ」

「どうも、あやしい。妙なひとが訪ねてくるし、ときどき、出かけて遅くまで帰ってこないし……。まさか盗人じゃァないでしょうね」

お京は、八九郎を睨むように見すえた。

「お、おい、おれが、盗人に見えるか」

八九郎は声をつまらせた。まさか、盗人に見られるとは思わなかったのだ。

「盗人には見えないけど……」

お京は、たもとから手を離して小首をかしげた。

「おい、彦六が外で待っているのじゃァないのか」

お京に付き合っている暇はなかった。

「そうよ」

「早く、そこをどいてくれ」

八九郎は、慌ててお京の脇をすり抜けた。

小屋の外に出ると、すこし離れた川岸近くに彦六が立っていた。急いでいるらしく、八九郎の顔を見ると、走り寄ってきた。

「旦那、大変《てえへん》ですぜ！」

彦六が声を上げた。

「待て、話は歩きながら聞く」

八九郎は後ろを振り返った。お京が、不審そうな顔で八九郎に目をむけている。

「旦那、何かありましたか」

彦六が訊いた。

「いや、小屋の者にな、話を聞かれたくなかったのだ。ところで、彦六、何があったのだ」

八九郎は小屋から離れたところで、あらためて訊いた。

「番頭の盛助が殺られやしたぜ」

「近江屋の番頭か」

「へい」

「場所はどこだ」

近江屋に何かあったのであろうか。近江屋の番頭が殺されることは、まったく予想していなかった。

「佐賀町の大川端でさァ」

彦六によると、油堀《あぶらぼり》と呼ばれる掘割にかかっている下ノ橋のたもと近くだという。今朝早く、通りかかった船頭が土手の叢《くさむら》のなかに倒れている盛助の姿を見つけたそうである。

「ともかく、行ってみよう」

八九郎と彦六は、大川端を川下にむかった。新大橋を渡って深川に出れば、佐賀町まではそれほど遠くはない。

四ツ（午前十時）ごろであろうか。初夏の強い陽射しが大川の川面に照り付け、ぎらぎらとひかっていた。その陽射しのなかを、猪牙舟や荷を積んだ艀《はしけ》などが行き交っている。

深川に出て、川下にむかってしばらく歩くと、油堀にかかる下ノ橋が見えてきた。橋のたもと近くの土手際に、人だかりがしている。

陽射しを避けるためであろう、手ぬぐいで頬っかむりした男や菅笠《すげがさ》をかぶった男が、目についた。そうした野次馬のなかに、南町奉行所の守山や手先の岡っ引きらしい男の姿も見えた。

八九郎は目立たないように人垣の後ろから、肩越しになかを覗いた。守山の脇に近江屋のあるじの久兵衛の姿があった。沈痛な顔で、足元に視線を落としている。

久兵衛の足元に男が横たわっていた。盛助である。仰向けに倒れた盛助の肩口から胸にかけてどす黒い血の色があった。その血の色や殺された場所からみて、盛助は昨夜殺されたのであろう。朝方なら、人通りのある場所なので、目撃されたはずである。

盛助は、袈裟斬りに仕留められていた。傷は深く、一太刀だけである。

……やはり、同じ手だ。

八九郎は察知した。

豊助や峰吉を斬った下手人にちがいない。おそらく、通りすがりの犯行ではなく、盛助を狙ったものであろう。

「ば、番頭さんが、こんなことになろうとは……」

久兵衛が絞り出すような声で言った。

その久兵衛の背後には、近江屋の奉公人らしい男が三人、悲痛な顔をしてうなだれていた。盛助が殺されたと聞いて、あるじとともに駆け付けたのであろう。

「財布を抜かれてる。こいつは、辻斬りの仕業だな」

守山が十手の先で、盛助の襟元をひろげて胸の内を覗きながら言った。ぞんざいな物言いである。

久兵衛や奉公人たちは、死体に目をむけたまま黙っていた。

「下手人は、豊助や峰吉を殺ったやつだぜ。刀傷が似てる。近所で聞き込んでみろ。昨夜、下手人はこの辺りにつっ立っていたにちがいねえ。通りすがりの者が、その姿を見てるかもしれねえぜ」

守山が岡っ引きたちに命じた。

「へい」

岡っ引きのひとりが応え、その場に居合わせた数人の手先たちが、足早にその場から離れていった。

……守山は、まだ辻斬りにこだわっているのか。

それに、守山の物言いには下手人を捕らえようという意欲が見られなかった。仕方なく、通り一遍の探索をしているだけのように感じられた。

そのとき、久兵衛が守山に近付いて、盛助の遺体を引き取っていいかどうか訊いた。

「いいだろう。ここで、死骸《ほとけ》を睨んでたって、何も出て来やァしねえからな」

守山が渋い顔をして言った。

久兵衛はすぐに、近くにいた奉公人に何やら指示した。すると、手代らしいふたりが、その場を離れ、大川端を川下にむかって走りだした。近江屋にもどったのだろう。

しばらくすると、さきほどのふたりが、数人の船頭らしい男を連れてもどってきた。戸板や筵《むしろ》などを持っていた。どうやら、盛助の遺体を店まで運ぶらしい。

船頭たちの手で遺体は戸板に乗せられ、筵をかぶせられた。四人の船頭が戸板の隅をつかみ、店の方へ運んでいく。久兵衛をはじめ奉公人たちが、その戸板を取り囲むようにしてその場から去っていく。

八九郎と彦六は、久兵衛たちを追って歩きだした。事情を訊いてみようと思ったのである。

4

「久兵衛さん、とんだことだったな」

八九郎は、戸板の後ろにいた久兵衛に追いついて声をかけた。

「あ、嵐さま……」

久兵衛が振り返った。声が震えている。顔がこわばり、怯えたような表情があった。どうも、番頭が殺されたことだけではないようだ。

「番頭だが、昨夜はどこへ行っていたのだ」

八九郎は、まずそのことを訊いた、

「清住町の大工の棟梁《とうりょう》のところへ」

久兵衛によると、昨夜盛助は注文で売り渡した材木の集金に棟梁の家へ行ったという。

「その帰りに、あんなことに」

「集金はどれほどだ」

「ご、五十両でございます」

「その金が奪われたのか」

「は、はい……。ちょうど、源蔵に要求されたのと同じ額なのです」

久兵衛が不安そうな顔で言った。

「そうだったな」

源蔵が、島田一座の肩代わりとして久兵衛に要求した額が五十両である。

「実は、一昨日、ふらりと源蔵が店にあらわれ、近いうちに五十両は返してもらうと言い残して、帰ったのです」

「な、なに！」

となると、源蔵たちは、盛助を殺してその金を奪ったのか。いずれにしろ、源蔵も豊助や峰吉を殺した者たちの仲間とみてまちがいないようだ。

「そ、それだけでは、ないのです」

久兵衛の顔が蒼ざめ、声が震えていた。

「他にも、何かあったのか」

「源蔵は、わたしと盛助に、首を洗って待ってろ、とも言ったのです」

「……！」

そうか。久兵衛が怯えているのは、次は自分の命が狙われるのではないかと思っているからなのだ。

「久兵衛さん、懸念することはないぞ」

八九郎が言葉をつづけた。

「考えてみろ、盛助は五十両のために殺されたようだが、おまえを襲って殺しても一文にもなるまい。それに、おまえを殺せば、町方も辻斬りの仕業などとは思わず、源蔵たちに狙いを絞るだろう。……おれが、源蔵ならおまえを狙ったりはしないぞ」

「そうでしょうか」

久兵衛の顔がいくぶんやわらいだ。

「おれなら、命は助けてやるから金を出せ、と脅すな」

「そ、それでは、いつまで経っても、源蔵たちの手から逃れられません」

久兵衛の顔が、またこわばった。

「案ずるな。源蔵が何か仕掛けてきたら、すぐにおれに知らせろ。今度は、おれが源蔵たちをひとり残さず斬ってやる」

半分は久兵衛を安心させるために言ったのだが、半分は本気だった。今度、源蔵が自分の前に姿を見せたら捕らえるか、斬るつもりになっていたのだ。

「それを聞いて、安心しました」

久兵衛は、ほっとしたような顔をした。

そんなやり取りをしている間に、一行は近江屋の前まで来ていた。

「嵐さま、店に寄って一休みしていってくださいまし」

久兵衛は、八九郎と彦六を店に入れようとしたが、

「またにしよう」

八九郎は断った。今日は、盛助の葬儀のことで立て込むだろうと思ったからである。


近江屋の店先から離れ、八九郎と彦六が大川端を川上にむかって歩き出したとき、そのふたりに、凝《じっ》と目をそそいでいる男がいた。

男は大川端の柳の陰に身を隠していた。手ぬぐいで頬っかむりし、紺の半纏に黒股引姿だった。敏捷そうで、大工か船頭といった感じがする。彦六と浜吉を、ひさご屋の店先から尾けていった男である。

男は盛助が殺された現場の人垣のなかにいたのだ。そして、八九郎と彦六の跡を尾けてここまで来たのである。

八九郎と彦六が半町ほど遠ざかると、男は通りへ出て、ふたりの跡を尾け始めた。

物陰や行き交う通行人の陰に身を隠して、巧みに尾けていく。

八九郎たちは新大橋を渡って、日本橋に出ると大川端を両国方面にむかった。歌川一座に帰るのである。

八九郎と彦六は、歌川一座の小屋の前で別れた。そして、八九郎が小屋の裏手にまわって楽屋へ入ると、跡を尾けてきた男はきびすを返して来た道を帰っていった。八九郎も彦六も、尾行してきた男には気付かなかった。


その夜、八九郎たちは船甚に集まった。八九郎、彦六、浜吉、玄泉、おけい、それに沖山である。すでに、六人の膝先には酒肴の膳が並んでいた。

いっとき酌み交わした後、

「今度は、近江屋の番頭が殺されたぞ」

そう前置きして、八九郎が盛助の殺された経緯を話した。

「それで、下手人は同じなのか」

玄泉が訊いた。

「まず、まちがいない。おれと彦六を襲ったふたりの武士のうちのひとりと思われるが、牢人の渡辺ではないな」

八九郎は玄泉から渡辺の名を聞いていたのだ。ふたりの腕からみて、八九郎はもうひとりの中背の武士ではないかと読んでいたのである。

「その武士だがな」

沖山が、ボソリと言った。

「大町半次郎《おおまちはんじろう》という男かもしれんぞ」

「どんな男だ」

「御家人の倅らしい」

沖山によると、八九郎からふたりの武士のことを聞き、それほどの遣い手なら、江戸の町道場をまわれば、知っている者がいるのではないかと思い、いくつか町道場をまわったという。

一刀流、神道無念流、鏡新明智流《きょうしんめいち》などの町道場をまわり、本郷にある心形刀流《しんぎょう》の柴山《しばやま》道場の門弟に訊いたとき、大町の名が出たそうだ。

心形刀流を継ぐ者は、代々伊庭軍兵衛《いばぐんべえ》を名乗り、その道場は外神田の佐久間町にあった。本郷にある柴山道場は、佐久間町にある道場で修行した柴山安之助《やすのすけ》が独立してひらいたものである。

大町は御家人の冷や飯食いで、少年のころから柴山道場へ通ったという。剣の天稟《てんぴん》があったのか、歳とともに腕を上げ、二十歳を過ぎてすぐ師範代になったそうだ。ところが、素行が悪く、道場主の柴山は手を焼いていたという。

それでも、酒を飲んで喧嘩したり、岡場所に出入りしたりする程度のことは、柴山も我慢していた。ところが、大町の悪行はさらにひどくなり、他流試合と称して他の道場の門弟をたたきのめして金品を奪ったり、商家などに因縁をつけて金を脅しとったりするようになった。そうなると、道場へおいておけなくなり、柴山は大町を破門したそうである。

「その後のことははっきりしないが、大町は辻斬りをしたり、賭場の用心棒をしたりして暮らしているとの噂があるそうだ」

沖山はそこまで話すと、猪口を手にしてゆっくりとかたむけた。

「大町だが、いまはどこにいるのだ」

八九郎が訊いた。

「柴山道場の門弟の話では、数ヵ月前、深川の八幡宮の門前通りで、大町を見かけたそうだが、はっきりしたことは分からん」

「富ケ岡八幡宮か」

八九郎が、そう言ったとき、

「深川なら、丹右衛門もかかわりがあるよ」

おけいが、身を乗り出すようにして言った。

「丹右衛門の所在が知れたのか」

「住まいは分からないけど、丹右衛門の店が八幡さまの近くにあるらしいんだ」

おけいは、丹右衛門が柳橋の豆千代という芸者を贔屓にしていることなど、根岸屋の女将から聞いたことをかいつまんで話した。

「丹右衛門の店が、八幡宮のそばにあるのか」

「それに、松井屋のあるじの蓑造も、八幡さまの界隈で幅を利かせていた遊び人らしいんですよ」

おけいが言い添えた。

すると、彦六が、

「旦那、島田一座の豊助が出かけたのも八幡さまのそばの店ですぜ」

と、八九郎のそばで言った。

「そうだったな」

豊助が、丹右衛門と掛合いに出かけたのは、永代寺門前町の西浜という料理屋である。豊助は西浜からの帰りに殺されたのである。

どうやら、深川の八幡宮の界隈に丹右衛門一味の巣があるようだ。丹右衛門の住まいも八幡宮界隈にあるのかもしれない。

「頭、どうする、深川を探るか」

玄泉が赭黒《あかぐろ》い顔をして訊いた。剃った坊主頭が酒気に染まり、茹《ゆ》で蛸《だこ》のようである。

「そうだな、玄泉と沖山に八幡宮界隈を探ってもらうか」

「頭は？」

「おれは、彦六と浜吉の手を借りて、源蔵を捕らえるつもりだ」

八九郎は、深川の富ケ岡八幡宮界隈で聞き込むより、源蔵をしめ上げた方が早いと思った。それに、うかうかしていると、源蔵が近江屋に新たな手を打ってくるかもしれないのだ。

「旦那、あたしは何をすればいいんです」

おけいも、酒気を帯びて色白の首筋や胸がほんのりと朱に染まっていた。色っぽい姿である。

「そうだな、おけいには、松井屋を探ってもらおうか。蓑造だが、ただの鼠ではないような気がするのだ」

「分かったよ」

「油断するなよ。一味は、女であろうと容赦はしないぞ」

八九郎が言うと、おけいは顔をこわばらせてうなずいた。

5

淡い暮色のなかに、寺院の杜や堂塔などが折り重なるように見えていた。深川万年町は寺院の多い地で、通り沿いの片側に大小の寺院がつづいている。そのなかに、増福寺があった。増福寺の向かいは町人地で、小体な町家が軒をつらねていた。

増福寺の山門の脇に、八九郎、彦六、浜吉の三人の姿があった。三人は瀬戸物屋の脇の路地木戸に目をやっていた。甚五郎店から源蔵が出てくるのを待っていたのである。

「なかなか姿を見せねえな」

浜吉が、苛立ったような口調で言った。

三人がこの場にひそんで、小半刻（三十分）ほど経つ。すでに、暮れ六ツ（午後六時）の鐘は鳴っていた。

暮れ六ツごろになると、源蔵は二町ほど先のひさご屋に一杯やりに行くことが多いので、ここで待ち伏せていたのだ。

「今日は、飲みに出ないのかな」

八九郎も、すこし遅いと思った。

「あっしが、見てきやしょう」

そう言い残し、彦六は山門の脇から通りへ出た。

彦六は小走りに長屋につづく路地木戸へ入っていった。源蔵の所在を確かめにいったのである。

いっときすると、彦六が慌てた様子でもどってきた。

「旦那、源蔵はいませんぜ」

「どこかに、出かけたのかな」

「それが、やつの家を覗いて見たんですが、もぬけの殻《から》なんでさァ」

衣類や金目の物が、持ち出された様子があるという。

「この長屋から、姿を隠したのか」

源蔵は、彦六たちに塒をつかまれたことを察知したのであろうか。それにしても、動きが早いと思った。

「旦那、もうひとりいやすぜ、政次が」

彦六が顔をこわばらせて言った。

「近いのか」

「へい、仙台堀を渡れば、すぐでさァ」

「よし、政次をつかまえよう」

夕闇がだいぶ濃くなっていたが、まだ西の空には残照があった。すぐに動けば、夜陰につつまれる前に政次を捕縛《ほばく》することができるだろう。

八九郎たち三人は小走りで海辺橋を渡り、伊勢崎町に入った。いっとき走ると、彦六が足をとめた。

「旦那、あそこの下駄屋の脇の路地でさァ」

彦六は軒下の看板を指差して言った。すでに、下駄屋は表戸をしめている。

「おれも行く」

八九郎は、長屋に踏み込み、その場で政次を捕縛するつもりだった。

「こっちでさァ」

彦六は下駄屋の脇の路地へ入り、長屋につづく路地木戸の前で足をとめた。すでに、彦六が近所で聞き込み、政次が一年ほど前からこの長屋に住んでいることを確かめてあったのだ。

古い棟割り長屋だった。まだ、どの家も戸口から灯が洩れ、住人の話し声や水を使う音などが聞こえていた。夕餉を終え、家族でくつろいでいる家が多いのかもしれない。

戸口に出した長床几《ながしょうぎ》に腰を下ろし、団扇《うちわ》を使っている親爺がいた。彦六が、政次の家を訊くと、北側の棟の二つ目の部屋だという。長屋は、南北に四棟つづいていた。

八九郎たちは、小走りに北側の棟にむかった。

「旦那、あの家ですぜ」

彦六が指差した。

手前から二つ目の部屋の腰高障子はしまったままだった。ひっそりとして、障子に明りも映っていない。

八九郎たちは腰高障子に身を寄せて、なかの様子をうかがった。物音もしないし、人のいる気配もなかった。

八九郎は障子をあけた。濃い夕闇につつまれていたが、六畳一間だけの家のなかに人影はなかった。整然としている。枕屏風《まくらびょうぶ》が部屋の隅に立ててあり、夜具が畳んであったが、衣類は見当たらなかった。

「政次も、姿をくらましたようだぞ」

八九郎が土間に立ったまま言った。

「どういうことだ」

彦六が呆然とした顔で、土間につっ立った。

「兄い、源蔵と政次は、おれたちに気付いたのかもしれやせんぜ」

浜吉が顔をこわばらせて言った。

「そうとしか思えんな」

ふたりが姿をくらました理由は、それしか考えられなかった。

「ですが、源蔵と政次が、あっしらの尾行に気付いたとは思えねえ」

彦六の顔に、疑念と戸惑うような表情が浮いた。源蔵たちがなぜ姿を消したのか、腑《ふ》に落ちなかったようだ。

「丹右衛門一味も、おれたちの動きに目をくばっているのかもしれんな」

そう言って、八九郎は政次の家から離れた。彦六と浜吉が跟《つ》いてくる。

「別の手先ですかい」

彦六が訊いた。

「どうかな、まだ、おれたちが気付いていない者がいるのかもしれん」

渡辺や大町が、彦六や浜吉の動きに目をくばっていたとは思えなかった。となると、丹右衛門の別の手先であろう。近江屋に金を強請りにきた町人は、源蔵と政次である。ふたりの他に町人の手先がいても不思議はない。

「旦那、これからどうしやす」

下駄屋のある路地に出てから、彦六が訊いた。

「まだ、おれたちには手がある。深川だ」

玄泉と沖山が、富ケ岡八幡宮界隈で聞き込んでいるはずだった。丹右衛門一味の隠れ家をつかんでくるかもしれない。

「あっしらも、深川を探りやしょうか」

「そうしてくれ。ただ、油断するなよ。どこに、丹右衛門一味の目がひかっているかしれんからな」

次は、彦六と浜吉の命を狙ってくるかもしれない、と八九郎は思ったのである。

6

深川黒江町、富ケ岡八幡宮の一ノ鳥居の近くに、樽八《たるはち》という一膳めし屋があった。

大きな店で、盛っているらしく土間に並べられた飯台を囲んで、大勢の男たちが酒を飲んだりめしを食ったりしていた。

隅の飯台で、牢人がひとり飲んでいた。沖山小十郎である。沖山は富ケ岡八幡宮の門前通りにある飲み屋や料理屋などに立ち寄り、それとなく丹右衛門や源蔵のことを訊いてみたが、知っている者はいなかった。それに、陰湿な感じのする沖山を警戒したのか、まともに答えようともしなかった。

……まず、話の訊けそうな者を探さねばならんな。

そう思って、沖山は樽八に目をつけたのである。

店のなかには、職人、大工、船頭などにまじって、地まわりや遊び人らしい男もいて、飲みながら賑やかにしゃべっていた。

沖山は隅の飯台で、ひとり酒を飲みながら、男たちの話に耳をかたむけていた。富ケ岡八幡界隈のことにくわしい地まわりか遊び人を見つけようと思ったのである。

……あの男なら、知っていそうだな。

沖山は、なかほどの飯台で話している痩せた男に目をつけた。

三十がらみであろうか。頰の肉がえぐり取ったようにこけ、顎がとがっている。格子縞の単衣を裾高に尻っ端折りし、手ぬぐいを肩にかけていた。地まわりか、遊び人か。いずれにしろ真っ当な男ではないようだ。

男は脇に腰を下ろした若い小柄な男と話していた。子分に、自慢話でも聞かせているような物言いである。話の内容は、「羽織」と「子供」の話だった。深川では、芸者を羽織といい、女郎を子供と呼んだのである。

それから、小半刻（三十分）ほどして、ふたりの男は腰を上げた。まだ、暮れ六ツ前だったが、店を出るようである。あるいは、どこかの女郎屋にでも、くりだすつもりなのだろうか。

沖山はふたりが銭を払っているのを見て、腰を上げた。ふたりをつかまえて話を訊くつもりだったのだ。

沖山が店から出て通りの左右に目をやると、三十がらみの男は掘割にかかる八幡橋の方へ歩いていく。若い小柄な男は、反対方向の富ケ岡八幡の方へむかっていた。どうやら、店の前でふたりは左右に別れたらしい。

沖山は三十がらみの男の後を追い、八幡橋を渡る手前で追いついた。

「しばし、待て」

沖山が背後から声をかけた。

「あっしに、何か用ですかい」

男が振り返った。顔がこわばっている。得体の知れない牢人に声をかけられ、警戒したのだろう。

「訊きたいことがある」

そう言って、沖山はふところから財布を取り出した、沖山はまわりくどい言い方は好まなかったし、この手の男は金次第だと思っていたのだ。

沖山は一朱銀をつまみ出すと、男の手に握らせた。話を訊くための袖の下としては高額である。

「ヘッヘヘ……。すまねえなァ。それで何が訊きてえんだい」

途端に、男は目尻を下げた。

「立ったままでは人目を引く。歩きながら、話そう」

沖山は八幡橋を渡り始めた。男はニヤニヤしながら跟いてくる。

「源蔵という男を知らぬか。三十がらみで、眉や髭の濃い男だ」

沖山は八九郎から聞いていた源蔵の年格好や人相を話した。この男は、丹右衛門より源蔵を知っているだろうと踏んだのである。

「旦那、源蔵と何かかかわりがあるんですかい」

男が顔の笑いを消して訊いた。思ったとおり、源蔵を知っているようだ。

「源蔵が、おれの知り合いの娘に手を出したのだ。それで、娘から手を引かせようと思ってな」

沖山は適当に言いつくろった。

「そうですかい」

男は沖山の話を信用しなかったようだが、それ以上訊こうともしなかった。男の顔がいくぶんこわばっている。

「源蔵の塒は、どこだ」

「三年ほど前《めえ》まで、蛤町《はまぐりちょう》の長屋にいやしたが、いまはどこにいるか知らねえ」

蛤町は黒江町の隣町だった。おそらく、姿を消した甚五郎店の前に住んでいた長屋であろう。

「牢人の渡辺という男を知っているか。頬に刀傷のある男だ」

渡辺の刀傷のことも、八九郎から聞いていたのだ。

「へい」

男の顔が、またこわばった。

「渡辺の塒は？」

「知らねえなあ。それに、近ごろ姿を見かけねえぜ」

「丹右衛門という男を知っているだろう」

「知らねえ」

男は小首をかしげた。知っていて、隠しているのではなさそうだった。

「源蔵や渡辺の親分でな。五十がらみの恰幅のいい男だ」

ふたりの親分かどうか、まだはっきりしなかったが、沖山はまちがいないだろうと踏んでいたのだ。

「そ、そいつは、丹右衛門っててえ名じゃァねえ。土橋《どばし》の仁左衛門《にざえもん》だ」

男の声が震えを帯びた。目に恐怖の色がある。

「仁左衛門は、どんな男だ」

丹右衛門は偽名らしい。もっとも、当初から丹右衛門は偽名かもしれないとの見方はあったのだ。

「おそろしい男だ。おめえ、命が惜しかったら、仁左衛門のことは忘れた方がいいぜ」

男によると、仁左衛門は深川の土橋にある女郎屋の倅に生まれたという。なお、土橋は深川七場所と呼ばれる遊女屋の多い地のひとつである。

若いころは仁助《にすけ》という名で、富ケ岡八幡界隈で遊び歩いたという。仁助が二十歳を過ぎたころ、自分の家である女郎屋が焼け、逃げ遅れた両親が焼け死んだ。

その後、仁助は金になることは何でもするようになり、遊び仲間といっしょに娘を騙《だま》して女郎屋に売り飛ばしたり、商家に因縁をつけて金を脅しとったりしていたという。

そのうち、仁助は賭場をひらいて親分格になり、博奕だけでなく、高利貸しをしたり金ずくで人殺しまでするようになったそうだ。

そして、近ごろは仁左衛門と名を変え、深川界隈の闇の世界で幅を利かせている親分にのし上がっているという。

「高利貸しな」

沖山は、仁左衛門が丹右衛門にまちがいないと思った。睨んだとおり、源蔵や政次は仁左衛門の子分のようだ。おそらく、渡辺と大町は仁左衛門の用心棒であり、殺し屋でもあるのだろう。

「ところで、仁左衛門の店はどこにある」

沖山は、おけいが口にしていたことを思い出して訊いた。

「仁左衛門の店などねえぜ。むかし焼けた女郎屋も、いまは他人《ひと》の手に渡っていらア」

どうやら、仁左衛門が柳橋の料理屋で嘘を言ったようだ。

「では、仁左衛門の塒はどこだ」

「し、知らねえ。しらを切ってるわけじゃァねえぜ。仁左衛門の居所を知ってるやつは、この界隈でもあまりいねえはずだ」

仁左衛門は、町方や自分に恨みをいだいている者に居所をつかませないため、塒を定めていないそうである。ふだんは、それらしくない商家の隠居所のような家に身を隠しているらしいが、妾の料理屋に身をひそめていることもあれば、贔屓の女郎屋に流連《いつづけ》ることもあるという。

それから、沖山は源蔵や渡辺たちの塒も訊いたが、男は頰をこわばらせて、首を横に振っただけである。本当に知らないらしかったが、男にはこれ以上沖山とかかわりたくない気持ちもあったらしい。

「旦那が、何をしようとしているか知らねえが、仁左衛門たちにかかわらねえ方がいいぜ。いくら命があっても足りねえからな」

男はそう言い残し、逃げるように沖山から離れていった。

7

町筋は夜陰につつまれていたが、提灯はなくても歩けた。風のない静かな月夜で、通りが白く浮き上がったように見えていたからである。

沖山は富ケ岡八幡宮の門前通りから大川端へ出た。そして、川上にむかっていっとき歩いたとき、背後で足音が聞こえた。駆け寄ってくる足音である。

振り返ると、淡い夜陰のなかに、玄泉の姿が見えた。頭に頭巾をかぶり、小袖に羽織姿だった。町医者のような格好である。

「玄泉か」

沖山は足をとめた。

「旦那も、八幡さまの近くで探ったのかい」

玄泉が荒い息を吐きながら訊いた。

「そうだ」

「おれもそうだが、丹右衛門の本当の名は仁左衛門らしいぞ」

玄泉が沖山と肩を並べて歩きながら言った。

「そうらしいな」

沖山は、遊び人らしい男から聞き込んだことをかいつまんで話した。

「さすが、沖山の旦那だ。やることが早い。おれが、聞き込んだのは、仁左衛門はあくどい高利貸しで、近ごろ、だいぶ儲《もう》けているらしいということぐらいだ。……女郎屋で女の尻を撫でていては、たいしたことは分からんな」

玄泉がニヤニヤ笑いながら言った。どうやら、玄泉は女郎屋に登楼して、遊女から話を聞いたらしい。

そんなやり取りをしている間に、前方に新大橋が見えてきた。黒い橋梁が、夜空を圧するように日本橋へ伸びている。

大川の川面が月光を反射《はね》て、白銀を流したようにひかっていた。川下の江戸湊《みなと》は深い闇につつまれ、水平線も識別することはできない。

対岸の日本橋の家並は夜陰のなかに沈んでいたが、ぼんやりと家並の輪郭だけは分かった。かすかな灯《ひ》の色も見える。

大川端に人影はなかった。足元から汀《みぎわ》に寄せる川波の音が絶え間なく聞こえていた。

そのとき、沖山は背後でかすかな足音を聞いた。それとなく振り返ると、月光のなかに黒い人影がふたつ、浮き上がったように見えていた。ひとりは大柄な武士で、もうひとりは町人のようである。

「玄泉、おれたちを追ってきたようだぞ」

沖山が小声で言った。

「ひとりは渡辺だな。もうひとりは、源蔵かな」

玄泉は、武士体の男が大柄であることから渡辺と見たようだ。もうひとりは、源蔵かどうかはっきりしないようだ。

「やるか」

沖山の細い目がひかった。渡辺なら、ここで討ち取ってやろうと思ったのである。

「おれが、町人をたたきのめしてやろう」

そう言いながら、玄泉はふところから「なえし」を取り出した。

なえしは、取っ手のついた一尺前後の鉄の棒である。鉤《かぎ》のない十手と思えばいいだろう。敵の手を打って萎《な》えさせる隠し武器であり、刀を遣えない者の護身具でもある。

玄泉は、ふだん刃物を身につけていなかった。なえしで、敵を殴り殺すのである。

玄泉は敏捷で、ずばぬけた膂力の主だったので、町人なら、刃物を持っている相手でも後れを取るようなことはなかった。

「おい、前にもいるぞ」

玄泉が言った。

前方の柳の川岸に、人影があった。顔は見えなかったが、武士らしい。羽織袴姿で二刀を帯びていた。

「大町らしいな」

ここで、前後から挟み撃ちにするつもりで待ち伏せていたらしい。

「旦那、逃げるか」

「逃げられぬ」

左手は大川、右手は店仕舞いした表店がつづいていた。近くに、逃げ込むような路地はなかった。

「玄泉、源蔵にかまわず、渡辺を相手にしてくれ。おれが、大町を斬る」

沖山は、玄泉にいっとき渡辺の動きをとめてもらおうと思ったのだ。その間に、大町と一気に勝負を決し、つづいて渡辺の相手をするつもりだった。そうするより他に、三人とは戦えないだろう。

「分かった」

玄泉は羽織を脱ぎ、路傍に捨てた。玄泉は臆《おく》してはいなかった。双眸が、夜陰のなかで底びかりしている。

沖山と玄泉は、大川の岸辺を背にして立った。背後からの攻撃を避けようとしたのである。

三人の男が走り寄ってきた。そして、大町らしき男が沖山と対峙し、玄泉の前には巨体の渡辺が立った。もうひとり源蔵らしき町人は、すばやい動きで沖山の左手にまわり込んできた。

「八幡さまの界隈で嗅ぎまわってたようだが、おめえたちは、彦六たちの仲間かい」

町人が口元に薄笑いを浮かべて訊いた。

「よく知ってるな」

沖山は驚いた。町人は、沖山たちが富ケ岡八幡界隈で聞き込みをしていたことや彦六たちの仲間であることまで知っているようなのだ。

「おめえたちのことはお見通しよ」

「おまえが源蔵で、おぬしが大町半次郎だな」

沖山が対峙した武士を見すえて言った。

「おれの名まで、知っているのか」

武士の顔に驚きの色が浮いた。まさか、名まで知られているとは思わなかったようだ。町人も驚いたような顔をした。どうやら、源蔵と大町に間違いないようだ。

「旦那、こいつら生かしちゃァおけませんぜ」

言いざま、源蔵がふところから匕首を取り出した。

「おぬしの名は」

大町は抜刀しながら誰何した。

「沖山小十郎」

沖山はゆっくりとした動作で抜刀した。

8

沖山と大町の間合はおよそ三間。

大町は青眼に構えた。切っ先がピタリと沖山の目線につけられている。腰の据わった隙のない構えである。

対する沖山も相青眼に構えた。

……なるほど遣い手だ！

沖山は背筋を冷たい物で撫でられたような感覚を覚えた。大町の剣尖には、眼前に迫ってくるような威圧があった。

剣尖の先に、大町の姿が遠ざかったように見えた。剣尖の威圧で、間合を遠く感じさせているのだ。

だが、沖山は臆さなかった。全身に気勢をみなぎらせ、ジリジリと間合をせばめ始めた。一気に大町との勝負を決し、玄泉と対峙している渡辺を相手にしたかった。遅れれば、玄泉の命がないのである。

大町は動かなかった。気を鎮めて、沖山の斬撃の起こりをとらえようとしている。しだいに間合がせばまり、痺《しび》れるような剣気がふたりをつつんでいる。

そのとき、玄泉は渡辺と向き合っていた。腰をすこし沈め、なえしを前に突き出すようにして構えている。

一方、渡辺は大上段に構えていた。その巨体とあいまって、上からかぶさってくるような威圧があった。

「さア、こい！」

玄泉が吼《ほ》えるような声で言った。

「そっ首、たたき斬ってくれるわ」

渡辺は足裏をするようにして、すこしずつ間合をせばめてきた。

玄泉は同じ間合を保ったまま後じさりした。渡辺の威圧に耐えられなかったのである。

玄泉の背が、川岸に迫ってきた。川岸は急な傾斜地になっていて、葦《あし》が群生していた。その先は大川の川面である。

ふいに、玄泉の足がとまった。それ以上、さがれなくなったのである。

「命はもらった！」

渡辺はカッと両眼を見開き、顔を赭黒く染めて斬撃の間境に迫ってきた。獰猛な獣のような面貌《おもて》である。


そのとき、沖山は玄泉に視線を投げた。

……あやうい！

と思った瞬間、沖山の剣気が乱れた。

刹那、大町の全身が膨れ上がったように見え、稲妻のような剣気が疾《はし》った。

タリヤッ！

裂帛の気合を発し、大町の体が躍動した。

トオッ！

間髪をいれず、沖山が斬り込んだ。

月光を反射《はね》た二筋の閃光が、ほぼ同時に夜陰を裂いた。

大町の切っ先が青眼から真っ向にはしり、沖山の切っ先が青眼から逆袈裟に跳ね上がった。

キーン、という甲高い金属音がひびき、夜陰に青火が散った。ふたりの刀身が上下にはじかれた次の瞬間、沖山の体勢がわずかにくずれた。大町の強い斬撃に押されたのである。

と、すかさず大町が二の太刀を袈裟にふるった。迅速な太刀捌きである。

ハラリ、と沖山の着物の肩口が裂けた。咄嗟に、沖山は背後に跳んだが、一瞬遅れたのだ。あらわになった肌に血の色が浮いている。かすり傷だが、大町の切っ先に皮肉を裂かれたらしい。

「一寸、踏み込みが足りなかったようだ」

大町はくぐもった声で言い、ふたたび青眼に構えた。

顔はかすかに朱を刷《は》いたようになり、双眸が刺すようなひかりを放っていた。猛虎のような猛々しさが全身をつつんでいる。

……このままでは、斬られる！

と、沖山は察知した。

己の気持ちに、早く勝負を決したいという焦りがあるのだ。焦りが平常心を奪い、間合の読みや一瞬の反応を鈍らせているのだ。

そのとき、玄泉の呻き声が聞こえた。

沖山は背後に身を引いて、玄泉に視線を投げた。

玄泉が岸辺に追いつめられていた。着物の肩先が裂け、血に染まっている。渡辺の斬撃をあびたらしい。

このままではふたりとも斬られる、と沖山は察知した。

「玄泉、川へ逃げろ！」

沖山が叫んだ。一か八か、大川へ飛び込むしか逃げる手はなかった。

オオッ！

突如、玄泉が気合とも獣の咆哮《ほうこう》ともつかぬ蛮声を上げ、手にしたなえしを渡辺に投げつけた。

渡辺が寄り身をとめ、刀身を振り下ろしてなえしをはじき落とした。

この一瞬の隙をとらえ、玄泉が川岸から跳躍した。

急な土手へ着地した玄泉は体勢をくずして尻餅をつき、背中で斜面を滑り落ちた。

ザザザッ、という雑草を分ける音が夜陰にひびき、つづいて、岸辺に群生した葦を掻き分ける音がした。玄泉はそのまま川へ逃げるつもりらしい。

「逃げたぞ！」

渡辺が叫んで、急斜面を滑り下りてきた。

玄泉は、バシャバシャと水を蹴散らし、川の深みへと逃れる。

これを見た沖山は、

「大町、勝負をあずけた！」

と叫びざま、川岸から身をひるがえした。傾斜地に着地し、そのまま足を滑らせ、飛び込むように葦原のなかに突進した。

大町は追ってきたが、土手の前で足をとめた。夜陰のなかを逃げる沖山の背に目をやりながら、

「逃げ足の速いやつだ」

大町は口元に薄笑いを浮かべてつぶやき、ゆっくりとした動作で納刀した。

渡辺も葦の群生している岸辺近くまできて足をとめた。ふたりとも、それ以上追う

つもりはないらしい。

玄泉は下流の胸元ほどの深さのところで、川の流れに逆らいながら立っていた。そこへ、沖山が流れに身をまかせながら近寄ってきた。

「玄泉、傷は？」

沖山が訊いた。

玄泉の肩先にはわずかな血の色があったが、深手ではないようだ。

「かすり傷だ。旦那も、斬られたのか」

「おれもかすり傷だ」

わずかな出血があったが、ほとんど痛みはなかった。

「やつらは、まだつっ立って見ているぞ」

玄泉が振り返って川岸に目をやった。

ふたつの黒い人影がかすかに識別できた。大町と渡辺は川岸に立って、沖山たちに目をむけている。

「すこし下流まで、行くか」

大町たちは、沖山たちが岸へ這い上がるのを待っているのかもしれない。

「おお」

ふたりは、水の流れに身をまかせて川下へむかった。

「旦那、いい月だぞ」

玄泉が上空に目をやりながら言った。

見ると、満天の星のなかで十六夜の月が皓々《こうこう》とかがやいている。

「川に浸りながらの月見も悪くないな」

ふたりは、水の流れと浮力を利用して跳ねるように川下へ下っていく。青磁色の淡い月光のなかで、ふたりの黒い頭が川面からぴょこぴょこと飛び跳ねているように見えた。

第四章　尾行

1

楽屋を区切る莨蓙が撥ね上がり、お京が飛び込んできた。舞台を終えて間もないとみえ、派手な花柄の小袖に紫地のたっつけ袴姿である。

「旦那、来てますよ」

お京が顔をこわばらせて言った。

「だれが来ているのだ」

八九郎はかたわらの刀を手をして立ち上がった。

「岡っ引きらしい男、それに八丁堀の旦那もいっしょなの。旦那、やっぱり、あやしいよ。盗人じゃァないでしょうね」

お京は、心配そうな顔で上目遣いに八九郎を見た。どうやら、町方が八九郎を捕らえるために来たと勘違いしているようだ。

「まだ、おれを疑っているのか。いいから、そこをどいてくれ」

八九郎は、前に立っているお京を押し退けるようにして、莨蓙の間をくぐって小屋の外に出た。

待っていたのは、北町奉行所の小暮と小者の稔造だった。小暮は八丁堀の同心ふうの格好をしていたので、お京にもそれと分かったらしい。小暮は浮かぬ顔をしていた。何かあったようだ。

「嵐さま、お耳に入れておきたいことが……」

小暮が八九郎に身を寄せて小声で言った。

「歩きながら話そう」

八九郎は、小屋の方を振り返って見た。

お京が莚の隙間から覗いている。八九郎の身を案じているのか、心配そうな顔をしている。ただ、大きく見開いた目には、好奇の色もあった。

「何かありましたか」

小暮が小声で訊いた。八九郎が何度も後ろを振り返って見たので、何事かと思ったようだ。

「いや、小雀がうるさいのでな」

八九郎は、苦笑いを浮かべながら大川の川岸へ出た。川沿いの道を歩きながら話そうと思ったのだ。

小暮は八九郎と肩を並べて歩きだした。ふたりから、すこし間をとって稔造が跟《つ》いてくる。

「小暮、何があった」

八九郎が訊いた。

「昨日、大川の新大橋の近くで死骸《ほとけ》が揚がりました」

「殺されたのか」

八九郎の脳裏を大町と渡辺のことがよぎった。また、どちらかの手にかかって斬殺されたのではないかと思ったのだ。

「いえ、身投げらしいんで」

引き揚げられた死体は、日本橋堀江町にある料理屋、網乃屋《あみのや》のあるじの徳兵衛《とくべえ》だという。

「何か不審なことでもあったのか」

江戸は河川や掘割が多く投身者はすくなくなかった。徳兵衛が身投げなら、わざわざ話しにくることもないのである。

「それが、徳兵衛は借金で首がまわらなくなり、それを苦にして、大川へ飛び込んだらしいんです」

小暮によると、念のために網乃屋に出向いて家族や店の者から事情を訊いたという。

「借金な」

八九郎の脳裏に仁左衛門のことがよぎった。

「徳兵衛に金を貸した男の名が丹右衛門。……島田一座の豊助や近江屋の盛助殺しとつながっているとみましてね」

「そのようだな」

どうやら、丹右衛門こと仁左衛門は、深川だけでなく日本橋にも手をひろげて高利で金を貸し付けているらしい。

「家の者の話だと、当初、借金は五十両ほどだったそうですが、毎月のように百両、百五十両と増えていき、半年ほどの間に三百両ほどにもふくれ上がったそうです」

「網乃屋は、店のやりくりに困っていたのか」

「いえ、借金は徳兵衛の道楽のせいらしいです。はっきりしたことは分かりませんが、家の者の話では、徳兵衛は博奕にも手を出したのではないかと言ってました」

徳兵衛は酒好きで、柳橋や日本橋の堺町などに頻繁に飲みに出かけていたという。そこで、知り合ったのが丹右衛門だった。徳兵衛は、丹右衛門にさそわれて、内々の博奕へくわわったらしいという。

「殺された島村屋の清吉と、そっくりだ。……まだ、他にもいるだろうな」

八九郎は、まだ表には出ないが清吉や徳兵衛と同じように仁左衛門に博奕を誘われ、高利で金を貸し付けられている者がいるのではないかと思った。このまま仁左衛門一味を野放しにすれば、さらに犠牲者が増えるだろう。

「それで、何とか丹右衛門の塒をつかもうと思いましてね。手先たちに調べさせ、丹右衛門は深川の土橋で幅を利かせていた男らしいと分かったんです」

「そのようだな。丹右衛門の名は仁左衛門だよ」

八九郎は、これまで配下の者たちが探り出したことをかいつまんで小暮に話した。

「さすが、嵐さま、手が早い」

小暮が驚いたように目を剝いた。

「いや、仲間たちが調べたことでな。おれは、見世物小屋で横になり、酒を飲んでいただけだ」

八九郎は、仲間と呼んでいた。手先らしいのは、彦六と浜吉のふたりだけである。

「嵐さまの仲間はよく動くようだが、どうも町方の手先たちは尻込みしてましてね」

小暮が顔を曇らせた。

事件に首を突っ込んでいる南町奉行所の守山がやる気がない上に、峰吉が斬り殺されたことで、岡っ引きや下っ引きはまともに探索する気もないという。

「それにしても妙だ。守山は初めから辻斬りの仕業と決め付けて、下手人をつきとめる気がないようではないか」

守山だけでなく、岡っ引きたちにもその傾向はあるようだ。

「そのとおりで」

「うむ……」

守山も金貸し一味を恐れているのだろうか。それにしては、峰吉が殺される前からやる気がないのは腑に落ちなかった。それに、峰吉が殺されたのも早すぎる気がした。峰吉の探索の手だけが、仁左衛門一味に迫っていたとも思えなかった。

町方に対する牽制《けんせい》と見せしめの犠牲になったような気がするが、なぜ峰吉を狙ったのだろうか。峰吉は、殺される前、事件の現場にはほとんど首を突っ込んでいなかったのだ。峰吉より他に、目立つ岡っ引きがいたはずである。

さらに、気になることがあった。それは、敵の動きの速さである。八九郎と彦六が探索の帰りに高橋を渡り、南森下町まで来たとき、大町と渡辺に挟み撃ちにされかけたことがあった。八九郎たちだけならともかく、沖山と玄泉も同じように挟み撃ちにされかけたのだ。

状況から推察して、大町たちは八九郎たちと沖山たちを尾行し、行き先を見極めたうえで仕掛けたはずだ。八九郎たちを尾けまわさなければ、無理である。

「小暮、どうやら、おれたちのことを知っていて、尾けまわしている者がいるようだな」

八九郎が言うと、

「わたしも、そんな気がします」

小暮が顔をけわしくしてうなずいた。

「当然、仁左衛門一味か、一味に味方している者ということになるな」

「いかさま」

「気をつけろ。きゃつらは、八丁堀であろうと、遠慮しないぞ」

「嵐さまも、ご油断なきよう」

小暮が足をとめ、八九郎を見すえて言った。

2

……この辺りだったな。

彦六は路地の左右に目をやった。

そこは、土橋と呼ばれる地だった。正しくは永代寺門前東仲町で、むかしこの地に土橋があったことから呼ばれるようになった里俗名である。

彦六は、沖山から丹右衛門が土橋の仁左衛門と呼ばれる男であることや、土橋の女郎屋に生まれ、若いころは仁助と呼ばれていたことなどを聞き、浜吉を連れて土橋まで来ていたのだ。

彦六は裏路地に入り、笹乃《ささの》という洒落《しやれ》た名の小料理屋を探していた。笹乃は土橋を縄張りにしていた権次郎《ごんじろう》という地まわりが、情婦《いろ》にやらせている店である。

ただ、権次郎が土橋で幅を利かせていたのは、五、六年前までだった。権次郎は年をとって体が思うように動かなくなったのを理由に隠居して、笹乃の板場に入り、店の手伝いをしていたのである。

……ここだ、ここだ。

そば屋や飲み屋などが目立つ横丁の一角に、見覚えある小体な店があった。入口の格子戸の脇に、笹乃と書かれた掛け行灯がある。

八ツ（午後二時）ごろだった。暖簾は出ていたが、まだ客はいないらしく、店のなかは静かだった。

「浜吉、尾けている者はいねえな」

彦六は笹乃の店先に立ち、路地の先に目をむけた。浜吉もけわしい顔で路地の左右に目をやっている。

彦六たちは、尾行者に気を配っていた。沖山と玄泉が挟み撃ちにされそうになったことで、仁左衛門一味の者が尾け狙っているのではないか、と八九郎に言われたのだ。しかも、今日は、仁左衛門の生まれ育った地へ来ているのである。いつ、仁左衛門一味の者に襲われても不思議はないのだ。

「兄い、それらしいのはいませんぜ」

浜吉が小声で言った。

「尾けられてねえようだな」

彦六が店の格子戸をあけた。

敷居をまたぐと、狭い土間になっていて、その先が追い込みの座敷だった。いくつか間仕切りの屏風が立ててあった。まだ、客の姿はなかった。

と、追い込みの座敷の奥で下駄の音がし、座敷の脇から大年増が顔を出した。白粉を塗りたくっているが、だいぶ年配のようである。

「いらっしゃい」

女は満面に笑みを浮かべて言った。

「女将さんかい」

彦六が訊いた。

「ええ、おまさですけど」

おまさが、権次郎の情婦《いろ》らしい。

「旦那の権次郎はいるかい」

彦六がそう言うと、おまさの顔から笑みがぬぐいとったように消え、彦六を見る目が急にけわしくなった。町方の手先とでも思ったのであろう。

「なに、てえした用じゃァねえんだ。むかし世話になった彦六が挨拶に来たと話してくんねえ」

彦六は、権次郎の世話になったわけではなかった。権次郎はあくどいことをしなかったので、博奕や喧嘩などで目こぼししてやるかわりに、富ケ岡八幡界隈で耳にした情報を教えてもらっていたのである。

「ちょいと、待っておくれ」

そう言い残し、おまさは慌てて奥へもどった。

いっときすると、権次郎が濡れた手を前だれで拭きながら出てきた。片襷をかけ、腰をかがめながら出てきた姿には、地まわりとして幅を利かせていたむかしの面影はなかった。だいぶ、鬢や髷にも白髪が目立つ。

「こりゃア、親分、お久し振りで」

権次郎が愛想笑いを浮かべて言ったが、彦六にそそがれた目は笑っていなかった。心底を探るようなひかりがある。彦六が何しにきたか、警戒しているのだろう。

「なに、てえしたことじゃァねえんだ。……一杯、もらうかな。長くはいられねえ、酒だけでいいぜ」

彦六が追い込みの座敷に腰を下ろすと、浜吉も殊勝な顔をして膝を折った。

「ちょいと、待ってくれ」

そう言い残し、権次郎は板場へもどると、盆に載せた小鉢と猪口、それに左手で銚子を持ってもどってきた。

小鉢は冷奴だった。擦った生姜《しょうが》と刻んだ葱《ねぎ》がのせてあり、醬油がかけてあった。有り合わせの豆腐をいそいで盛り付けたらしい。

「お、すまねえ」

彦六は目を細めた。夏の陽射しのなかを歩いて、喉が渇いていたのである。それに、喉越しのいい冷奴はありがたかった。

猪口の酒をいっときかたむけた後、

「仁左衛門という男を知ってるかい」

彦六は、いきなり切り出した。

権次郎は、いっとき戸惑うような顔をして口をつぐんでいたが、

「ああ……」

と、小声で言った。否定しなかったが、顔がこわばっている。

「仁左衛門の塒はどこだい」

かまわず、彦六が訊いた。

「さァな。おれも命は惜しいからよ」

権次郎は小声で言った。仁左衛門のことは下手にしゃべれない、と思っているようだ。

「おめえが、話さねえ気持ちは分かるぜ。無理にしゃべれとは言わねえ。……だがな、仁左衛門がこの地を離れて、だいぶ経つんじゃァねえのかい」

「まァ、そうだ」

「それによ、仁左衛門の悪事は、だいぶつかんでるんだ。近いうちに、お縄にできるはずだぜ」

「…………」

権次郎はまだ口をつぐんでいる。

「おれがここに来たことは、だれも知らねえ。おれが、おめえと話したことは口が裂けても言わねえ」

彦六が畳みかけるように言った。

「だがよ、おれは、仁左衛門の塒は知らねえんだ。嘘じゃァねえぜ。土橋界隈で、うろついているやつらは、だれも知らねえだろうよ」

「それだけ、用心してるってわけだな」

「仁左衛門は鴨に金を貸すときの他は、滅多に姿を見せねえからな」

「子分たちの塒はどうだい」

彦六は、大町、渡辺、源蔵の名を口にした。

「よく知ってるじゃァねえか。……おれも、そいつらの名は知ってるが、塒までは知らねえぜ。やつら、用心して、ときどき塒を変えているようだからな」

「政次はどうだい」

「そいつなら、知ってるぜ」

権次郎が顔を上げて言った。

「知ってるか！　どこだい」

思わず、彦六が声を上げた。浜吉も、身を乗り出している。

「いまもいるか分からねえが、八幡橋を渡った中島町にやつの情婦の店がある。なんていったかな。……たしか、千草屋《ちぐさや》だったかな。ちょうど、この店と同じような小料理屋だよ」

「すまねえ。助かったぜ」

彦六はふところから巾着を取り出すと、一分銀を取り出し、

「酒代だ」

と言って、権次郎の膝先に置いた。袖の下というより礼のつもりだった。彦六が話を訊く前に金を出さなかったのは、権次郎のような男は、金ではしゃべらないと知っていたからである。

3

翌日、彦六は浜吉を連れて、中島町に足を運んだ。中島町はせまい町だったので、八幡橋近くで小料理屋のありそうな路地をまわり、酒屋や飲み屋などに立ち寄って千草屋のことを訊くと、すぐに知れた。

千草屋は、掘割沿いの通りにあった。そば屋と縄暖簾を出した飲み屋の間に、小体な店があり、戸口の脇の掛け行灯に千草屋と記してあった。間口は狭かったが、二階建てだった。二階には、家人の住む座敷もあるようだ。

念のため、近所の店で訊くと、政次はここ数日店にいるらしいことが分かった。日中はほとんど外に出ず、情婦の店に身を隠しているらしいのだ。政次は二階の座敷に寝泊まりしているにちがいない。

その日、陽が沈んでから、彦六たちは歌川一座に出かけ、政次の塒が知れたことを八九郎に伝えた。

話を聞いた八九郎は、

「明日、政次を捕ろう」

と、語気を強くして言った。日時を置くと、仁左衛門一味に知られ、また政次が姿をくらますおそれがあったのだ。

彦六が歌川一座の小屋にきた翌朝、八九郎は彦六と浜吉をともない、両国近くの桟橋から猪牙舟に乗った。舟は彦六が知り合いの船宿で調達したもので、櫓《ろ》は浜吉が漕いだ。

八九郎が舟で中島町まで行くことにしたのは、彦六から千草屋が掘割沿いにあると聞いたからである。

大川を下り、仙台堀に入って掘割をたどれば、千草屋の近くまで行くことができるのだ。歩くのより早かったし、八九郎は政次を捕らえた後のことも考えたのだ。

八九郎は、捕らえた政次を八丁堀に近い南茅場町《みなみかやばちょう》の大番屋に連れていくつもりだった。大番屋は調べ番屋と称し、捕らえた被疑者を吟味する場所で仮牢もある。

深川中島町から南茅場町まで町筋をたどって、政次を連れて行くとなると、賑やかな町中や大川にかかる橋を渡らねばならず、どうしても政次の姿を衆目にさらすことになる。当然、仁左衛門一味の知るところとなり、政次が口を割ること恐れて姿を消してしまうかもしれない。

ところが、舟を使えば、それほど人目に触れずに南茅場町まで連れて行くことができるのだ。

千草屋で捕らえた政次を舟に乗せ、掘割をたどって大川へ出、日本橋川をさかのぼり鎧ノ渡の桟橋で下りれば、大番屋はすぐ近くである。

八九郎たちが大川の桟橋に着くと、

「旦那、乗ってくだせえ」

彦六が周囲に目をやりながら言った。彦六は尾行者を気にしているようである。

「案ずるな。尾けている者がいても、舟に乗ってしまえば、どうにもなるまい」

八九郎は、尾行者をまくためにも猪牙舟は好適だと思ったのだ。

晴天だった。大川の川面が朝陽を反射《はね》て、金砂を撒《ま》いたようにかがやいていた。そのひかりのなかを猪牙舟や艀、屋形船などがゆったりと上下している。

八九郎たちの乗る船は風を切って大川を下り、いっときすると水押《みおし》を左手にむけて仙台堀に入った。仙台堀に入って間もなく、猪牙舟の水押を右手にむけて狭い掘割に入った。その掘割をまっすぐ南にむかえば、千草屋のある中島町へ着くのだ。

中島町へ入ってすぐ、

「浜吉、あの桟橋へ着けろ」

と、彦六が声を上げた。

岸辺沿いにちいさな桟橋があり、三艘の猪牙舟が舫ってあった。浜吉は巧みに櫓を漕いで、舫ってある舟の間に水押を割り込ませた。

八九郎は桟橋に飛び下りた。彦六と浜吉が舟を舫い杭につなぐのを待ってから、短い石段を上って通りへ出た。

いっとき歩くと、彦六は路傍に足をとめ、

「旦那、あれが千草屋でさァ」

と、小声で言った。

見ると、そば屋の先に、小料理屋らしい小体な店があった。まだ、店はひらいてないと見え、暖簾は出ていなかった。戸口の格子戸もしまったままである。

「すこし早かったかな」

四ツ（午前十時）ごろだった。夜が遅い商売だから、まだ寝ているかもしれない。

八九郎はまだ客が入らないうちに政次を捕らえようと思い、早目に出てきたのだが、寝ていれば、政次がいるかどうか確認するのがむずかしいだろう。

「あっしが、見てきやしょう」

そう言い残し、彦六は小走りに千草屋の店先にむかった。

彦六は戸口の格子戸に身を寄せて、なかの様子をうかがっていたが、すぐにもどってきた。

「旦那、だれか起きていやすぜ。それに、戸もあきやす」

彦六によると、店のなかで水を使う音が聞こえたという。格子戸は、引いてあくかどうか確かめてみたようだ。

「政次がいるかどうか、はっきりするといいんだがな」

踏み込んで、いないとなると、政次はこのことを知って店にもどらずに姿を消してしまうかもしれない。

「あっしにまかせてくだせえ。念のため、旦那は戸口をお願いしやす。浜吉は裏手へまわれ。旦那と浜吉とで、やつが、飛び出してきたら押さえてもらいてえ」

「分かった」

八九郎は、この場は彦六にまかせることにした。

浜吉は勢い込んで店の裏手へ走った。


彦六は格子戸をあけて、店のなかへ入った。うす暗かった。狭い土間のつづきに、二階に上がる階段と間仕切りのしてある追い込みの座敷があるだけである。水の音は、その座敷の奥で聞こえた。おそらく、奥に板場があるのだろう。二階が、家人の住む寝間になっているにちがいない。

「ごめんよ」

彦六が奥に声をかけると、すぐに水の音がやみ、年増が濡れた手を前だれで拭きながら出てきた。色白だが、ひどく痩せていた。頰がこけて、眼窩《がんか》が落ちくぼんでいる。病的な感じのする女である。政次の情婦の女将であろう。

「姐《あね》さん、政次兄いは、おりやすかい」

彦六が笑みをうかべながら訊いた。

「おまえさん、だれだい」

女将の顔はきつかった。声に、なじるようなひびきがある。

「留助《とめすけ》といいやす。だいぶ前《めえ》の話で、政次兄いは忘れちまったかもしれねえが、賭場で二両ほど都合してもらいやしてね。……昨夜《ゆうべ》、どういうわけかやたらとついちまって、だいぶ儲かったんでさァ。それで、二両を返そうと思って寄らせていただきやした」

彦六が殊勝な顔をして言った。留助は、頭に浮かんだ偽名である。

「おや、律義な男《ひと》だねえ。ちょいと、待っておくれ。いま、二階にいるうちのひとを呼ぶからさ」

そう言って、女将はいそいで階段を上っていった。

彦六は女将の姿が階段から消えると。すぐに格子戸をあけて、外にいる八九郎に声をかけた。

「旦那、政次はいやすぜ。いま、階段から下りてきやす」

「よし、つかまえてやる」

八九郎は、スルリと店のなかへ入り、客を上げる座敷の隅に立ててあった間仕切りの屏風の陰へ身を伏した。

4

二階で、留助なんて野郎は知らねえぜ、という男の声が聞こえ、つづいて、いいから、来ておくれよ、二両返そうというんだから、と女将の声がした。女将と政次でやり取りしているようである。

と、階段を下りる足音がし、まず女将が姿を見せた。つづいて、男が下りてくる。縞柄の単衣を尻っ端折りしていた。小柄な体軀である。まちがいなく、政次のようだ。

彦六は戸口の方に首をまわし、階段に背をむけた。政次は彦六の顔を知っているかもしれない。階段を下り切るまで、顔を見られたくなかったのだ。

「おめえかい、留助ってえのは」

政次はそう言いながら階段を下りてきた。

「へい、むかし世話になった留助でさァ」

彦六は、まだ階段に背をむけていた。

このとき、屏風の陰に身を隠していた八九郎が、そっと刀を抜いた。そして、屏風の陰から政次にとびかかる機を狙っている。

「どうした、表にだれかいるのか」

政次が階段を下りながら不審そうに訊いた。

そして、階段を下りきると、土間の雪駄をつっかけた。

「表じゃァねえ、すぐ脇にいやすぜ」

言いざま、彦六が振り返った。

「てめえは！」

政次が驚愕に目を剝いた瞬間、

「政次、神妙にしな」

八九郎が屏風の陰から飛び出した。政次の目の前で、刀身を寝せるように八相に構えている。

ワッ、という悲鳴のような声を上げ、政次が階段の方へ逃げようとしたとき、八九郎が刀身を横に払った。

ドスッ、というにぶい音がし、政次の上体が折れたように前にかしいだ。八九郎の峰打ちが政次の胴へ入ったのだ。

政次はよろめき、追い込みの座敷に頭から突っ込むように倒れ込んだ。そのとき、女将が、ヒイイッ！　と喉の裂けるような悲鳴を上げて、土間にへたり込んだ。

「彦六、捕れ！」

八九郎の声で、彦六が飛び込み、座敷に伏臥《ふくが》している政次の肩口をつかんだ。

「政次、じたばたしねえで、お縄を受けな」

彦六はふところから細引を取り出し、政次の両腕を後ろに取って早縄をかけた。

「お、おまえさんたちは、だれだい」

女将が土間に尻餅をついたまま、声を震わせて訊いた。

「だから、言ったろう、政次に世話になった者だって」

彦六が小声で言った。

「女、しばらく店から出るな。騒ぎたてれば、外にいる者が踏み込んで、おまえもお縄にするぞ」

八九郎がきつい声で言った。政次を舟に乗せるまで、女将に騒がれては困るのである。むろん、外にいる者などいない。

表の騒ぎを聞きつけたらしく、裏手にまわっていた浜吉も戸口に顔を見せた。

「引っ立てろ！」

八九郎が声を上げた。

八九郎は、政次を南茅場町の大番屋に連れていき、さっそく吟味を始めた。吟味といっても、事件の子細を訊くのではなく、仁左衛門、大町、渡辺、源蔵、それに事件にかかわった仁左衛門の手下たちの隠れ家を聞き出すのである。

土間に筵を敷いた調べの場に引き出された政次は、蒼ざめた顔で顫えていた。さすがに、八九郎や彦六を前にして、生きた心地がしなかったのだろう。

「政次、まず、源蔵の塒から訊こうか」

八九郎は一段高い畳敷きの間に座し、政次を見すえて切り出した。ふだん、歌川一座の小屋でごろごろしている顔ではなかった。きりりとひき締まり、与力らしい威厳が身辺にただよっている。

「し、知らねえ」

政次は怯えたように顔をゆがめて言った。

「そんなはずはない。源蔵はおまえの兄貴分であろう。弟分のおまえが、知らぬはずはないのだ」

八九郎の声に、するどさがくわわった。

「しゃ、しゃべれねえ。……しゃべったことが知れれば、殺される」

政次は眉宇を寄せ、悲痛な声で言った。仁左衛門一味の手で、殺されることを恐れているようだ。

「ここにいれば、仁左衛門たちの手が及ぶこともあるまい」

「…………」

政次は何もいわずにうなだれ、身を顫わせている。

「では、別のことを訊く。源蔵とは、どこで知り合った」

八九郎は、政次が自白しても、それほど差し障りないことを訊いた。

「賭場だ。深川の賭場で、兄いから駒をまわしてもらったのだ」

「仁左衛門とは、どこで会った」

「兄いが、親分のところへ連れていき、そこで初めて会ったんだ」

政次は首をすくめながら小声で言った。

「その場所は？」

「い、言えねえ」

政次は強く首を横に振った。隠れ家か、それとも隠れ家につながる場所なのであろう。肝心なことはしゃべれないようだ。

「大町と渡辺だが、ふたりも仁左衛門の手先か」

八九郎は、別のことを訊いた。

「手先じゃァねえ。旦那たちは、親分から銭をもらってやってるんだ」

「そうか」

ふたりは、仁左衛門に依頼されて動いているようだ。おそらく、用心棒兼殺し屋といったところであろう。

「大町と渡辺は、どこにいる」

八九郎が訊くと、政次は口をとじてうつむいてしまった。

それから、八九郎が何を訊いても、政次は顔を合わせようとしなかった。しゃべってもかまわないことだけは、ぼそぼそと口にするが、一味の者たちの隠れ家や行きつけの店などに詮議がおよぶと固く口をとじてしまう。

……拷問《せめ》にかけねばなるまい。

訊問だけで、政次の口を割らせることはできないだろう、と八九郎は思った。

「彦六、政次を仮牢に入れておいてくれ」

本腰を入れて訊問するのは、明日からである。

5

「嵐の旦那！　旦那！」

楽屋を隔てた莨蓙のむこうで彦六の声がした。切羽つまったような声である。何かあったらしい。

八九郎は刀を手にして莨蓙を撥ね上げた。

「旦那、やられた！」

彦六の顔がこわばっていた。目がつり上がっている。異様だった。彦六のこんな顔を見るのはめずらしい。

「どうした」

「政次が死にました」

彦六が目を剝いた。

「なに、殺されたのか」

八九郎は彦六に近付きながら、腰に刀を差した。

「分からねえ。今朝、大番屋へ行ってみると、血を吐いて死んでやした」

「なんだと！」

八九郎は、ともかく大番屋へ行ってみようと思った。

「彦六、行くぞ」

八九郎は小走りに大川端を川下へむかった。慌てた様子で、彦六が跟《つ》いてくる。

五ツ半（午前九時）ごろだった。風のない晴天だった。夏の強い陽射しが、大川の川面をギラギラ照らしている。行き交う猪牙舟や荷を積んだ艀などが、眩《まばゆ》いひかりにつつまれて揺れていた。陽射しのなかで、焼かれているようである。

……何かあったようだわ。

莨蓙から顔を出したお京がつぶやいた。お京は、莨蓙の間から八九郎の様子をうかがっていたのだ。お京の目が好奇心にひかっている。

お京は女の芸人用の囲いのなかにいたのだが、彦六の切羽つまったような声を耳にし、筵に身を寄せて聞き耳をたてていたのだ。彦六は、やられた！　と言い、政次が死にました、とも口にした。何か大変な事件が起きたようだ。

すぐに、八九郎が彦六とふたりで小屋を離れていった。

……どこへ行くか確かめてやるわ。

お京は小屋から抜け出した。都合のいいことに、八ツ（午後二時）過ぎまで、お京の出番はなかったのだ。

お京は八九郎と彦六の跡を尾け始めた。尾行といっても、半町ほどの間をとっていくだけである。

大川端は大勢の人が行き交っていた。ぼてふり、風呂敷包みを背負った行商人、僧侶、子供連れの母親、武士……。夏の陽射しのなかを、汗を拭き拭き歩いている。

お京は、そうした通行人の間を縫うようにして走った。先を行く八九郎たちが小走りだったので、小柄なお京は走らないと間に合わなかったのである。

そのとき、お京は十間ほど前を行く男を目にとめた。黒の半纏に股引姿で手ぶらだった。男はお京と同じように通行人の間を縫うように小走りになっていた。

……この男《ひと》、嵐さまを尾けているようだわ。

と、お京は思った。

さらに見ると、男は八九郎の背に目をやりながら、同じ間隔を保ってついていく。ときおり、通行人や天水桶の陰などに身を隠すような素振りを見せた。まちがいない。男は八九郎を尾けているのだ。

お京は体中が、ゾクゾクとしてきた。ただごとではない。八九郎の跡を得体の知れない男が尾けていくのだ。また、何か事件が起きるかもしれない。お京の目が、暗闇の猫のようにひかっている。

お京は八九郎ではなく、前を行く男を尾け始めた。もっとも、男を尾ければ八九郎の行き先も分かるのである。

尾行は楽だった。男は自分が尾けられているなど思ってもみないらしく、まったく後ろを振り返ることはなかった。お京は、すこし間をとって男の後ろを小走りでついていけばいいのである。

薬研堀《やげんぼり》を過ぎると、八九郎たちは大川端から離れ、武家屋敷のつづく通りへ入った。日本橋の方へむかうようである。お京の前を行く男も、同じ道をたどっていた。

大川端を離れると、道筋は急に静かになった。人影もまばらである。供連れの武士や中間などの姿はあったが、町人をあまり見かけなくなった。武家地だからである。

前を行く男は、武家屋敷の築地塀《ついじべい》や路傍の樹陰などに身を隠しながら尾けていく。

お京は男と同じように身を隠さねばならなくなった。武家屋敷のつづく通りへ来ると、お京の姿は目立ったのだ。派手な花柄の小袖にたっつけ袴という格好だったのである。

八九郎たちは、日本橋川にかかる江戸橋を渡った。

……八丁堀だわ。

そこまで来ると、また町筋は賑やかになり、お京は人混みに姿を隠すことができた。

八九郎たちは、楓川にかかる海賊橋《かいぞくばし》を渡り、南茅場町へ出た。そして、日本橋川沿いの通りにあった大番屋へ入っていった。

お京の前を行く男は、大番屋の斜向かいにあった米問屋の土蔵の陰に身を隠して、大番屋に目をむけている。

……顔を見てやるわ。

お京は、行き交う人や路傍の天水桶の陰などに身を隠しながら、足音を忍ばせて、男のそばに近付いた。男と間が十間程にせまったとき、お京は町家の板塀に張り付くようにして身を隠し、男に目をむけた。

横顔が見えた。頬に小豆粒《あずきつぶ》ほどの黒子がある。年格好は三十がらみ、面長で頤《おとがい》の張った男である。

男は、いっとき土蔵の陰から大番屋に目をむけていたが、何事もなかったように通りへ出て、お京のいる方へ引き返してきた。

……こっちへ来る！

お京は、板塀に身を張り付けたまま祈るような気持ちで身を硬くしていた。男が横をむけば、お京の姿が見えるかもしれない。

だが、男はお京の方に顔をむけることもなく、足早に遠ざかっていった。


一方、八九郎と彦六は大番屋のなかにいた。政次の死体が、仮牢から昨日吟味した場所に引き出されて横たわっていた。まわりには、小暮、小者の稔造、北町奉行所の定廻り同心の向田《むかだ》登三郎《とうざぶろう》、手先の磯吉《いそきち》、それに番人などが集まっていた。いずれの顔にも、屈託の色がある。

「舌でも噛み切ったのか」

八九郎が、政次の死体の脇にかがみながら言った。

政次は口から血を流して死んでいた。カッと瞠目《どうもく》し、口を大きくひらいて、前歯を剝き出している。悶死《もんし》の形相である。

「毒を盛られたようです」

小暮がけわしい顔で言った。

なるほど、大きくひらいた政次の口のなかには、舌がしっかり残っていた。

「どういうことだ」

昨夕から、政次は仮牢のなかにいたはずだ。いかに、仁左衛門一味でも、番屋に忍び込んで毒を盛るなどできないはずである。

「牢の鍵は、かかっていたのか」

八九郎が、背後に立っていた番人のひとりに訊いた。名は竹助《たけすけ》、初老の男である。

「へい、昨夜も今朝も見ましたが、鍵はかかっていました」

竹助によると、今朝見まわりにいったとき、政次が鍵のかかった牢のなかで血を吐いて死んでいるのを発見したという。

「政次の倒れていたそばに湯飲みが落ちていました」

竹助がそう言ったとき、

「嵐さま、これです」

脇にいた小暮が、手にした湯飲みを八九郎に見せた。

大番屋にある湯飲みだった。八九郎も、その湯飲みで茶を飲んだことがある。見ると、わずかに水が残っていた。おそらく、それに毒が溶かしてあったのだろう。

「政次に毒を盛ったのは、だれか……」

八九郎がつぶやいた。顔がけわしくなり、双眸が刺すようなひかりを帯びている。

その場に立っている小暮や向田たちの顔も、こわばっていた。口にはしなかったが、その場に居合わせた男たちには分かっていた。

政次に毒を盛ることができたのは、大番屋に見咎《みとが》められずに出入りできる者だけなのだ。奉行所同心、ふだん出入りしている岡っ引き、番人、下働きの男、奉行所与力……。

「おれが帰った後、何か変わったことはなかったか」

八九郎は、他の番人たちにも目をやった。

「何も変わったことはありませんが」

竹助は困惑したような顔で、他の番人たちに目をやった。

「何もなかったなァ」

初老の番人が答えた。

竹助や他の番人たちが話したことによると、暮れ六ツ（午後六時）の鐘が鳴った後、戸締まりをしてから牢を見まわったという。その後、泊まり番の者を残し、竹助たちは番人用の長屋に入った。牢を見まわったとき、大番屋には番人と下働きの者しかいなかったそうだ。

「泊まり番の者は」

八九郎が訊くと、

「あっしらで」

と、寅次という大柄な番人が言うと、脇にいた別のふたりがちいさく頭を下げた。

三人の話では、その後も変わったことはなかったし、物音も聞こえなかったという。

「そうか」

ただ、大番屋の出入りや建物のなかのことにくわしい者なら、竹助たちが見まわりの後、なかへ入ることもできた。火急の場合を想定し、戸締まりをした後も、一刻(二時間)ほどは表戸の脇のくぐりだけは、あくように心張り棒がはずしてあるのだ。

「いずれにしろ、政次を殺ったのは、おれたちの近くにいる者だな」

口封じのために政次を殺したのだろう、と八九郎は思った。

それにしても、手が早い。八九郎たちが捕らえたその夜に、政次を始末したのである。

「容易ならぬ相手だ」

八九郎は虚空を睨むように見すえて言った。

6

八九郎が歌川一座の小屋にもどると、お京が足音を忍ばせて近寄ってきた。好奇心に目がひかっている。

「嵐さま、大番屋に行ったでしょう」

お京が、声をひそめて言った。

「よく知ってるな」

どうやら、八九郎を尾けてきたようだ。

「あたしが睨んだとおり、嵐さまはただ者じゃァないわ。お奉行所のひとでしょう。ひそかに、悪人を探っているにちがいないわ」

お京は八九郎を見つめて言った。

「盗人から役人に変わったのか」

「彦六というひとは、親分さんだわ」

「だとしたら、どうする」

八九郎は、これ以上ごまかし切れないと思った。もっとも、小屋にいづらくなったら姿を消せばいいのである。

「あたしも、手伝うわ」

お京が勢い込んで言った。

「手伝うって、何を?」

「いっしょに、悪者《わるもの》を捕らえるのよ」

お京は顔を上気させて言った。すっかり、その気になっている。

「馬鹿なことを言うな。島田一座の豊助を知っているだろう。ああなってもいいのか」

「あたし、そんなへまはしないわ」

「だめだ、だめだ」

八九郎は首を横に振った。

「ねえ、あたし、悪者の顔を見たのよ」

お京が、さらに身を近付けてきた。肩先が八九郎の胸に触れそうである。白粉とかすかな汗の匂いがした。汗ばんだ白い肌が桃のように染まっている。まだ女として成熟していないが、清楚《せいそ》な色気がある。ただ、いっしょに悪者を捕らえる、などと言い出すところは、まだ子供である。

「どういうことだ」

「昨日、嵐さまたちの跡を尾けて、南茅場町まで行った男がいるのよ」

お京も、あきれたものである。南茅場町まで、その男の跡を尾けていったことになるではないか。

「どんな男だ」

政次に毒を盛ったのは、そいつかもしれない、と八九郎は思った。

「聞きたい？」

「聞きたいな」

「いいわ、話してあげる」

お京は得意そうな顔で、男の身装《みなり》や人相を話した後、頬に小豆大の黒子があったことを言い添えた。

「うむ……」

八九郎の脳裏に浮かぶ男は、いなかった。だが、その男がこれまでも八九郎や彦六などの跡を尾けまわして、こちらの動きを仁左衛門一味に伝えていたのは、まちがいないだろう。

八九郎は、いっとき黙考した後、

「お京、手を貸してくれるか」

と、小声で言った。

「いいわ、いいわ」

お京が、身悶えするように体を振った。

「ただ、約束してもらわねばならぬことがある」

「なに？」

「お京の睨んだとおり、おれは奉行所の命を受けて、隠密に事件を探っている者なのだ」

「やっぱり」

「それでな、他人に知られぬように動かねばならん。探索を手伝うとなれば、お京も同じだ。他人に、その任務を知られてはならぬ」

「……！」

お京は、ごくりと唾を飲んで、うなずいた。

「まず、お京は、いままでどおり一座で軽業の芸に身を入れることだ。それに、おれのことを口外してはならんぞ」

八九郎は、何とかお京を丸め込んで、しばらくの間、口をふさいでいてもらいたかったのである。

「分かったわ。あたし、だれにもしゃべらない」

「それに、もうひとつ。おれの言うとおりに動くこと。できるかな」

「できるわ」

お京は、コクリとうなずいた。

「よし、今日からお京は、おれたちの仲間だ」

「そ、それで、あたし、何をやればいいの」

お京が勢い込んで訊いた。

「そうだな。まず、おれたちの跡を尾けていた男を捕らえねばならんが……」

八九郎は、いっとき腕組みして考えていたが、

「お京、耳を貸せ」

と言って、お京の耳元で何やらささやいた。

「分かったわ」

お京は、目を瞠《みひら》いてうなずいた。

7

「あの男よ」

二日後、小暮が稔造を連れて、歌川一座の小屋に姿を見せた。黄八丈を着流し、羽織の裾を帯にはさんだ八丁堀ふうの身装である。

八九郎は小暮と顔を合わせると、何事か小声で話した後、大川端を川下にむかって歩きだした。何か、ひどく慌てているような足取りである。

そのとき、小屋からすこし離れた床店の脇に立って小屋の裏手を見つめている男がいた。頬に黒子のある男である。

男は、口元に薄笑いを浮かべると、その場から離れ、通りの人混みのなかに身を隠すようにして、八九郎たちの跡を尾け始めた。

四ツ（午前十時）ごろだった。八九郎は、お京の午前中の見世物が終わる時間を待って、仕掛けたのである。

お京が、小屋の莨莚の隙間から外を覗きながら言った。

脇に、彦六が立っていた。彦六は菅笠をかぶって顔を隠し、ちいさな風呂敷包みを背負っていた。黒子のある男に彦六と気付かれないように身を変えたのである。お京も、人目を引かないよう着物姿に着替えていた。

八九郎の策だった。尾けまわしている男があらわれたら、彦六に顔を見させて正体をつかもうとしたのである。

「後ろ姿じゃァ、だれなのか分からねえな」

彦六は、男の背に目をむけながらつぶやいた。

「彦六さん、どうする」

お京が訊いた。

「尾けよう」

どこかで、顔を見る必要があった。知らない男なら、尾行をつづけて、行き先をつきとめるのである。

お京と彦六は、小屋から出て男の跡を尾け始めた。

男は大川端を川下にむかって歩いていく。男の前方に、八九郎たちの姿がちいさく見えた。八九郎たちは南茅場町の大番屋に立ち寄り、呉服橋を渡って北町奉行所へもどる道順をとることになっていたのだ。

薬研堀を過ぎたところで、八九郎たちは左手の通りへ入った。道の両側には武家屋敷がつづき、急に人影がすくなくなった。

武家地をしばらく歩くと、久松町に入った。そこは町人地で、通り沿いには表店がつづいている。往来の人影も多くなり、急に賑やかになった。

お京と彦六は、男との間をすこしつめた。通行人にまぎれれば、男に気付かれる恐れはなかったのである。

前方に浜町堀にかかる栄橋が見えてきた。堀沿いの道を行き来する通行人の姿も多かった。お京と彦六は、さらに男との間をつめた。人混みのなかで、見失うのを恐れたのである。

栄橋のたもとまで来たとき、男の後方を米俵を積んだ大八車が通りかかり、人足が、どいてくれ、と声を上げた。

ふと、男が後ろを振り返った。そのとき、大八車越しに男が顔が見えた。頬に黒子がある。

……市蔵《いちぞう》だ！

彦六は男を知っていた。岡っ引きの市蔵である。市蔵は、南町の定廻り同心、守山に手札をもらっている男である。

……そうか、守山の旦那がつるんでるのか。

彦六は路傍に足をとめた。なぜ、守山や配下の岡っ引きたちが、探索に熱を入れようとしないのか、やっと見えてきたような気がした。

「彦六さん、どうしたの。行ってしまうよ」

お京は、彦六にかまわず男を尾けようとした。

「お京さん、いいのだ。やつの正体が知れた」

これ以上、市蔵を尾けまわす必要はなかった。

その日、陽が西の家並に沈みかけてから、八九郎が歌川一座の小屋にもどってきた。小屋で待っていた彦六とお京は、すぐに八九郎にことの次第を伝えた。

「市蔵か」

八九郎も市蔵を知っていた。ただ、名を聞いていた程度である。

「旦那、守山の旦那もつるんでるかもしれやせんぜ」

彦六が顔をこわばらせて言った。

「うむ……」

八九郎の顔がけわしくなった。彦六の言うとおり、守山も一枚嚙んでいそうだった。そうなら、これまで守山が一連の事件の下手人を辻斬りと決め付けていたことも、配下の岡っ引きたちが探索に乗り気でないのも腑に落ちる。おそらく、手先たちにも本腰を入れて探ることはない、といった指示があったのであろう。

「旦那、どうしやす」

「まず、守山がからんでいるかどうかはっきりさせねばならんが……」

それには、市蔵を捕らえて口を割らせるしかない。ただ今度は政次のように大番屋で訊問するわけにはいかなかった。守山が、どんな手を打ってくるか知れないのである。守山に知られないよう、市蔵の口を割らせなければならなかった。

「ところで、彦六、市蔵の家を知っているか」

「へい」

「どこだ」

「深川の熊井町でさァ」

彦六によると、市蔵は熊井町の大川端で、女房にすず屋という小料理屋をやらせているという。熊井町は大川沿いにあり、富ケ岡八幡宮の門前通りが大川端の道と交差する辺りにひろがる町である。源蔵や政次の塒のあった中島町や金貸しの舞台となった料理屋、西浜のある永代寺門前町とも近い。

「市蔵は、仁左衛門に金で買われた犬だな」

八九郎の顔に怒りの色が浮いた。市蔵が岡っ引きであるだけに、よけい憎しみを覚えたようだ。

「旦那、たしか、熊井町の大川端に、近江屋の材木をしまう倉庫がありやすぜ」

彦六によると、倉庫の近くに町家はないという。

「そこを借りるか」

八九郎は、市蔵を捕らえたその夜に何とかして口を割らせるつもりだった。材木をしまう倉庫なら、多少声を上げても聞き咎められることはないだろう。

「小暮の旦那にも知らせやすか」

「いや、小暮に話して手先たちに知られるとまずい。おれと彦六、それに浜吉の三人だけでやろう」

八九郎がそう言うと、

「あたしは、どうするの」

そう言って、お京が割り込んできた。

「お京の仕事は、明日の舞台でいい軽業を観せることだ」

市蔵の捕縛とその後の訊問と拷問に、お京を同行することはできなかった。

お京は不服そうな顔をしたが、それ以上は言わなかった。

8

大川端は濃い暮色につつまれていた。暮れ六ツ（午後六時）の鐘が鳴って、いっとき経つ。上空に、星のまたたきも見えていた。大川の滔々《とうとう》とした流れは黒ずみ、無数の波の起伏を刻みながら広漠とした江戸湊までつづいている。彼方の海原には、かすかに帆を下ろした大型廻船の船影も識別できた。

大川端の柳の樹陰に三つの人影があった。八九郎、彦六、浜吉の三人である。三人は斜前にある小料理屋に目をむけていた。すず屋である。三人は、すず屋に市蔵が帰ってくるのを待っていたのである。

「まだか」

浜吉が通りの先に目をやりながら言った。

八九郎たちは、一刻（二時間）ほど前にこの場所に来ていた。この間、店から出てきた馴染み客らしい男に訊くと、市蔵はまだ店に帰ってないそうだ。

「暮れ六ツ過ぎに、帰ることが多いようですぜ」

船頭らしい男は、酔った顔で、八九郎たちにそう言い添えた。

「そろそろ来てもいいころだな」

すでに、大川端の通りは濃い暮色につつまれ、ひっそりとしていた。人影もすくなく、ときおり酔客や夜鷹らしい女などが通るだけである。大川の汀に打ち寄せる川波の音だけが、絶え間なく聞こえていた。

「旦那、やつだ！」

彦六が声を殺して言った。面長で頤の張った男だった。かすかに右頰にある黒子が識別できる。

「彦六と浜吉は、やつの後ろへまわってくれ」

「へい」

彦六がふところから十手を取り出すと、浜吉も十手を手にした。

市蔵は、八九郎たちには気付いていないらしく、道のなかほどを足早に歩いてくる。

八九郎は、市蔵が十間ほどに近付いてから通りへ出た。ゆっくりとした足取りである。彦六と浜吉は、川岸の柳の陰をつたうようにして、市蔵の後方へまわった。

市蔵は八九郎の姿を目にすると、ギョッとしたように立ち竦《すく》んだが、逃げなかった。夕闇を透かすように八九郎に目をむけている。八九郎が何者なのか、分からなかったらしい。

「市蔵、おれだよ」

八九郎は足早に近付きながら言った。

「こ、これは、嵐さま……」

市蔵の顔から血の気が失せた。夕闇のなかでも、体が顫えているのが分かる。それでも、市蔵は逃げ出さなかった。まだ、自分の正体が知れていないと思っているのであろうか。

「おまえに話がある。いっしょに来てもらおうか」

八九郎は、市蔵の前に立った。

「だ、旦那、後にしてもらえませんか。今夜は、もう遅《おせ》えし……」

市蔵は顔に恐怖の色を浮かべて、後じさりし始めた。八九郎が何のためにこの場に立っていたか分かったらしい。

「いや、何としても、今日中に訊きたいことがあるのだ」

言いざま、八九郎は左手で刀の鯉口を切り、右手で柄を握った。

その動きを見た市蔵は、ヒイッ、という喉のかすれたような悲鳴を上げ、反転して逃げようとした。

が、その足がとまった。すぐ前に、十手を手にした彦六と浜吉が立っていたのである。

八九郎は抜刀して、切っ先を市蔵の首筋に当て、

「ここで、おまえの首を落としてもいいんだぞ」

と、低い凄みのある声で言った。

「彦六、縄をかけてくれ」

八九郎が言うと、彦六はふところから細引を取り出した。

市蔵は抵抗しなかった。観念したというより、八九郎の切っ先が喉元に突き付けられていたので身動きできなかったのである。

八九郎は、彦六に市蔵を後ろ手に縛らせ、そこから半町ほどの距離にあった近江屋の倉庫に連れていった。すでに八九郎から近江屋に、今夜だけ倉庫を使わせてもらいたいと話してあったのだ。

倉庫のなかは暗かった。木の香りが充満している。柱や板に製材された木が、びっしりと積まれていた。

ただ、市蔵を訊問するための空間はあった。八九郎たちは、高窓の近くに市蔵を連れていった。

「市蔵、おまえがこれまで何をしたか、すべて承知している」

八九郎が市蔵を見すえて言った。

市蔵は後ろ手に縛られたまま、倉庫の土間に座らされていた。その顔が、恐怖にゆがんでいる。

「おまえは、ここで首を落とされても文句は言えまい」

「だ、旦那、何か、勘違いされてるんじゃァないですか。……あ、あっしは、旦那に恨まれるようなことは、何もしてねえ」

市蔵が八九郎を見上げ、声を震わせて言った。

「白を切っても無駄だ。おまえが、おれたちを尾けまわし、仁左衛門一味に内通していたことも、政次に毒を盛ったのも分かっている」

八九郎は、政次に毒を盛ったのは市蔵か守山であろうと踏んでいた。ただ、守山が自ら大番屋に侵入して、政次に毒を盛ったとは考えづらかった。それに、番人たちに顔の知られている守山より、市蔵の方がやりやすいはずなのだ。そう考えると、市蔵が殺ったとみて、ほぼまちがいないだろう。

「……！」

市蔵は否定しなかった。顔を恐怖にひき攣《つ》らせて、瘧慄《おこりぶる》いのように激しく身を顫わせている。

八九郎は刀を抜き、市蔵の盆《ぼん》の窪《くぼ》に刀身を当てた。

「た、助けて……」

市蔵は、喉のかすれた女のような悲鳴を上げた。

……この男は、拷問にかけなくとも落ちる。

と、八九郎は思った。

それからいっとき後、市蔵は八九郎の訊問にぼそぼそと答えだした。

第五章　見えた巨魁

1

八九郎は市蔵を捕らえたことを隠さなかった。しかも、市蔵の身柄を政次と同じ南茅場町の大番屋に拘禁したのである。

すでに、市蔵が自白したことは口書きに取ってあったし、かりに市蔵が守山の手で殺害されるような事態になっても、それほどの痛手ではなかった。それに、今度は仮牢の前には寝ずの番をおくことにしたので、守山も簡単には近付けないはずである。

だが、市蔵が捕らえられたことで、守山の態度が一変した。これまでの傲慢《ごうまん》さは見られなくなり、おどおどした様子で、いつも周囲を窺っているのだ。市蔵につづいて、自分も捕らえられるのではないかと思っているのかもしれない。

行動も変わった。南町奉行所と八丁堀にある組屋敷の往復、それに決まった道筋の市中巡視以外は、どこにも顔を出さなくなった。大番屋にも姿も見せないし、盗みや喧嘩などがあっても臨場することすら避けているふうである。

……だが、守山は動く。

と、八九郎はみていた。

市蔵が捕らえられ、吟味されるのを黙って見ていられるはずがないのだ。市蔵の口封じが無理なら、他の手を使ってくるはずである。

八九郎は、市蔵を自白させた後、彦六と浜吉に守山を尾行するよう指示した。ただ、守山は彦六と浜吉を知っているので、かならず身を変えて顔を隠すように言い添えた。

彦六は、政次の跡を尾けたときと同じように菅笠をかぶり、風呂敷包みを背負って行商人ふうに身を変えた。一方、浜吉は手ぬぐいで頰っかむりし、印半纏に股引姿で大工に変装した。

ふたりは交替して、守山の尾行をつづけた。守山が奉行所へ出仕し、巡視を終えて八丁堀に帰るまで目を離さなかった。それほどむずかしい尾行ではなかった。守山は決まった道筋しか歩かなかったし、人通りのすくない入り組んだ路地などには入らなかったからである。

守山が動いたのは、市蔵が捕らえられた六日後だった。守山は日本橋の北から両国橋を渡った先の本所、深川辺りを巡視区域にしていたが、八ツ半（午後三時）ごろ、ほぼ巡視を終えて新大橋のたもとまで来たとき、従っていた小者と手先を先に帰したのである。

守山はひとりになると、大川端を川下にむかって歩きだした。尾行者を気にしているらしく、ときどき後ろを振り返った。

このとき、守山を尾けていたのは彦六である。彦六の尾行は巧みだった。物陰に身を隠そうとはせず、通行人のなかに紛れて自然に歩いていたのだ。

おそらく、守山が振り返ったとき、その目に彦六の姿も映っただろう。だが、その姿は町筋の通行人のひとりとして、まったく注意を引かなかったにちがいない。

守山は小名木川にかかる万年橋を渡ると左手にまがり、川沿いの道を東にむかって歩いた。そして、高橋の近くにある料理屋に入っていった。松井屋である。

……やっぱり、ここか。

彦六は、守山が仁左衛門一味に助けをもとめて会いにきたにちがいないと思った。

それというのも、八九郎の訊問のなかで、市蔵は守山が仁左衛門に金をもらって、町方の情報を流していたことを話した上で、松井屋のことも口にしたのである。

熊井町の倉庫のなかで八九郎が、

「守山は、仁左衛門とどこで会ったのだ」

と、市蔵に訊くと、

「あっしは見てねえが、深川の松井屋らしい」

と、答えたのである。

そのやりとりを、彦六も聞いていたのだ。

彦六は松井屋の店先で足をとめたが、そのまま通り過ぎた。まず、このことを八九郎に伝えようと思ったのである。それに、おけいが松井屋を探っているようなので、おけいから八九郎に何か知らされているかもしれないのだ。

「松井屋か」

彦六から話を聞いた八九郎は、思わず声を上げた。

「旦那、おけいさんから、何か話がありましたかい」

彦六が訊いた。

「あった。三日前に、この小屋に来てな。松井屋の蓑造のことを話していったのだ」

おけいは、松井屋の通いのおしまという女中に近付いて話を訊いたという。

五年ほど前まで、松井屋のあるじは宗五郎《そうごろう》という男だったが、借金の形に店を取られたそうである。その後、店のあるじに収まったのが、蓑造だった。

「その借金だけど、おしまさんの話だと、宗五郎さんが博奕に手を出し、高利貸しから借りた金がふくらんだらしいんです」

「その高利貸しは、仁左衛門だな」

島村屋や網乃屋とまったく同じ手口だった。宗五郎に金を貸し付け、店を借金の形に取り上げたのは、仁左衛門にまちがいないだろう。

「ところで、蓑造だが、四十がらみの痩せた男だったな」

八九郎が念を押すように訊いた。

「はい」

「となると、蓑造と仁左衛門は同一人ではないな」

仁左衛門の年格好や体軀から見ても、蓑造は別人であろう。

「おそらく、蓑造は仁左衛門の手下だな。それも、右腕のような男にちがいない」

おそらく、仁左衛門は右腕の蓑造に形に取った松井屋をまかせたのであろう。

……松井屋は、仁左衛門の悪事の舞台だったのかもしれんな。

仁左衛門は、松井屋の客のなかから鴨と睨んだ相手を巧みに博奕に誘って、金を貸し付けたのだ。また、仁左衛門自身で目星をつけた商家の主人を、松井屋に誘うこともあったただろう。さらに、守山や源蔵、大町、渡辺などと会い、指図したのも松井屋だったにちがいない。

日本橋堀江町にある網乃屋も、この先借金の形に取り上げるつもりではあるまいか。腹心に店をやらせて客を博奕に誘い、借金をさせるのである。仁左衛門は網乃屋を日本橋方面に悪事をひろげる拠点にする算段なのかもしれない。

「守山は、どうしやす。もうすこし、尾けやしょうか」

彦六が訊いた。

「いや、もういい」

これ以上、守山を尾けまわす必要はなかった。まだ、肝心の仁左衛門や大町たちの隠れ家は分かっていなかったが、松井屋を見張れば、かならず姿をあらわすはずだ。それに、守山が知っているだろう。

ただ、守山を捕縛して吟味してもいいものか、八九郎には判断がつかなかった。町奉行所の同心が犯罪者に荷担し、甘い汁を吸っていたことが世間に知れれば、町奉行所の面目は丸潰れだし、幕府の威光にも疵《きず》が付くのだ。

「彦六と浜吉は、松井屋を見張ってくれ。気付かれぬようにな」

「へい。……で、旦那は」

「おれは、お奉行に会ってくる」

八九郎は、守山をどうするか、遠山の考えを訊いてみようと思った。

2

遠山は黙って八九郎の話を聞いていた。そして、八九郎が守山のことを話し終えたとき、

「南町《みなみ》奉行所の定廻り同心がな」

と言って、顔に憂慮の翳《かげ》を浮かべた。

ふたりが座しているのは、奉行の役宅の中庭に面した奥座敷である。

夕日を映じた障子が、ほんのりと朱に染まっていた。まだ、奉行所内には、与力か同心が残っているらしく、遠方でぼそぼそと声が聞こえる。

「それで、守山以外にも不心得者はおるのか」

遠山がきびしい顔で訊いた。

町奉行所の与力や同心のなかに、守山の他にも仁左衛門に籠絡《ろうらく》されている者がいる

かどうか訊いたのである。

「いまのところ、守山だけでございます」

幸いなことに、他の同心や与力が仁左衛門に荷担している様子はなかった。もっとも、仁左衛門にすれば、前線で犯罪の探索にあたっている町方同心をひとり味方につけておけば、捕縛を逃れられるという読みがあるのであろう。

「いかがいたしましょうか」

八九郎は、遠山の意向にしたがうつもりだった。

「町方同心とはいえ、捕らえねばならんだろうな」

遠山はそう言って、視線を膝先に落とした。遠山にとっては、守山を捕らえれば町奉行所や幕府の威光に疵がつくだけでなく、南北の奉行所の間に確執を生むかもしれないという懸念もあるのだ。

北町奉行所の手で守山を捕縛すれば、南町奉行所の立場はなくなる。当然、南町奉行所の者たちは北町奉行所に対して反感をいだくだろう。遠山はそうしたことが分かっているので、よけい苦慮しているのである。

「八九郎」

遠山が八九郎に目をむけて言った。

「守山をひそかに始末いたせ」

八九郎を見すえた遠山の双眸には、能吏《のうり》らしいするどいひかりが宿っていた。

「始末とは」

「守山は、不慮の死をとげるのだ。巡視中の事故でも、何者かの逆恨みによって殺されたことにしてもかまわぬ」

遠山の声には有無を言わせぬ強いひびきがあった。

「…………」

「そうすれば、南北の奉行所にとっても、守山家にとっても都合がいいだろう。むろん、公儀に疵がつくようなこともない」

「なるほど」

さすが、お奉行だ、と八九郎は感心した。

守山が事故死や仕事の上の逆恨みで殺されたとなれば、奉行所の面目がつぶれるようなことはないし、幕府の威光に疵がつくようなこともない。さらに、守山家にとっても都合のいい死に方なのだ。

守山が仁左衛門一味のひとりとして捕縛されれば、死罪はまぬがれないだろう。当然、守山家の者は禄を失い、路頭に迷うことになる。

町奉行所の同心は一代限りのお抱えだが、事実上の世襲で特別なことがなければ、倅が親の身分を継ぐことができるのだ。

守山が犯罪者として処罰されれば、倅が同心の身分を継ぐことなどできず、家族は組屋敷からも追い出されて路頭に迷うことになるのだ。ところが、事故死や逆恨みで殺されたとなれば、守山の同心の身分を倅が継ぐことができる。残された家族も、暮らしていけるのである。

遠山の情けある処置といえる。

「他の者どもは、残らず北町奉行所の手で捕らえよ。また、腕のたつ武士が一味にいるようだが、手にあまれば、斬ってもかまわぬ」

遠山が、八九郎、頼むぞ、と言い置いて、腰を上げた。

「心得ました」

八九郎は、遠山が座敷を出ていくのを待ってから立ち上がった。

その日の夕方、八九郎は彦六と浜吉を走らせ、船甚に密偵たちを集めた。彦六、浜吉、玄泉、おけい、沖山の五人である。

女将のお峰と女中が酒肴の膳を運び、六人でいっとき酌み交わした後、

「まず、これまでのことを知らせておこう」

そう言って、八九郎が探索の経緯を話した。

「町方の守山が、一味だったか」

玄泉が苦々しい顔をして言ったが、それほど驚きの色はなかった。他の者も表情を変えなかった。おそらく、前から守山に疑念を持っていたのであろう。

八九郎は一通り話し終えた後、

「お奉行の指図だが」

と言って、守山をひそかに始末することや、まだ仁左衛門一味の隠れ家が分かっていないことなどを言い添えた。

「守山だが、おれが斬ってもいいぞ」

黙って聞いていた沖山が、ぼそりと言った。

「沖山の手も借りたいが、その前に守山から聞き出したいことがあるのだ」

八九郎は守山を捕らえ、市蔵を訊問した近江屋の倉庫に連れ込んで、仁左衛門一味の隠れ家を聞き出すつもりだった。

「おれたちは、どう動く」

玄泉が猪口を手にしたまま訊いた。

「玄泉とおけいは、松井屋に目を配っていてくれ。気付かれぬようにな」

八九郎は、彦六と浜吉の手も借りるつもりだった。

「分かった」

玄泉が答えると、おけいもうなずいた。

それから、八九郎たちは一刻（二時間）ほど飲んで、船甚を出た。外は星空だった。

すこし風があったが、酒に火照《ほて》った肌には心地好かった。

夜陰のなかに大川の川面が黒く盛り上がっているように見えた。対岸には日本橋の家並がひろがっているはずだが、星空と黒い大地がかすかに識別できるだけである。

女将のお峰が提灯を用意してくれたが、八九郎は断った。月が出ていたので、提灯はなくとも歩けたのである。

「旦那、小暮の旦那はどうしやす」

彦六が八九郎に跟いてきながら訊いた。

「守山の始末に、小暮の手は借りぬ」

小暮も、同じ町方同心を始末するのは気が引けるだろう。それに、八九郎は遠山に隠密裡《り》に処置するよう命じられていたのである。

「ただ、仁左衛門一味の捕縛は、小暮にまかせるつもりだ」

八九郎が大川端の夜道を歩きながら言った。下手人の捕縛は、小暮の判断にまかせるつもりでいた。あくまでも、八九郎は遠山直属の影与力なのである。

3

その日、八九郎と沖山は、万年橋のたもと近くにある稲荷の境内にいた。ふたりは半刻（一時間）ほど前から、祠《ほこら》の前の石段に腰を下ろしていた。

欅《けやき》や樫《かし》などの深緑の影が、境内にひろがっていた。ふたりの他に人影がなく、静寂が辺りをつつんでいる。葉叢《はむら》の間から地面に落ちた木洩れ日の色が、淡い鴇色に変わっていた。陽が西の空にかたむいている。あと小半刻（三十分）ほどすれば、暮れ六ツ（午後六時）の鐘が鳴るだろう。

「今日も、だめか」

沖山がつぶやいた。

「今日あたり、来るはずだがな」

八九郎が、鳥居の先の通りに目をやりながら言った。

ふたりは、ここ三日、この稲荷に来て守山が来るのを待っていたのだ。

八九郎は船甚で沖山たちと会った後、小暮と彦六に指示し、此度《こたび》の一連の事件の首謀者は仁左衛門という男である、との情報だけを町方に流させた。当然、守山は捕らえられた市蔵が吐いたと思うはずだ。そして、守山は自分の尻にも火が点《つ》いたと感じ、己の身を守るために仁左衛門と相談するために松井屋に行くだろう。

八九郎は、その機をとらえようと思ったのだ。

そのとき、浜吉が鳥居をくぐって駆け込んできた。

「き、来やす！」

浜吉が喘ぎながら言った。

「ひとりか」

八九郎が立ち上がった。

浜吉と彦六に、守山の巡視を尾行させ、守山がひとりになって松井屋にむかったら、八九郎たちに知らせる手筈《てはず》になっていたのである。

「へい」

「こっちへ来るな」

「来やす」

「彦六は」

「手筈どおり猪牙舟で、先の桟橋にむかっていやす」

「よし、仕掛けよう」

八九郎たちは稲荷の境内から飛び出した。

仙台堀にかかる上ノ橋を渡り、堀沿いの道を東にむかった。いっとき歩いてから、八九郎たちは堀沿いにあった空家の陰に身を隠した。そこを襲撃場所と決めてあったのである。

空家の背後が仙台堀になっていて、近くにちいさな桟橋があった。その桟橋に彦六が舟をとめることになっている。

堀の先に高橋が見えた。空家から数町先である。守山は松井屋へ行くために、この空家の前を通らねばならない。

八九郎たちがその場に身をひそめていっときすると、猪牙舟に乗った彦六が姿を見せた。彦六は、黒の腹がけに股引姿で、手ぬぐいで頬っかむりしていた。どこから見ても、船頭に見える。

彦六は、八九郎たちのそばを通りながら、すぐ、来やす、と声をかけて、桟橋に舟を着けた。彦六は舫い綱で舟をとめ、そのまま船縁に腰を下ろして煙管を取り出した。船頭が一服しているような格好である。

「来たぞ！」

沖山が声を殺して言った。

見ると、掘割沿いの道を守山が足早にやってくる。黄八丈を着流し、黒羽織の裾を帯に挟んだ巻き羽織と呼ばれる格好をしているので、遠目にも八丁堀同心と知れる。

守山は尾行者を気にしているらしく、ときどき背後を振り返っていた。掘割沿いの道は静かだった。遠方に、ちらほら人影が見えるだけである。

守山が空家に近付くと、

「では、わたしが先に」

そう言い残し、沖山がふらりと通りへ出た。八九郎は身をかがめ、守山の隙を見て飛び出す機を待っていた。

守山は前に立ちふさがった沖山を見て、ギョッとしたように立ちすくんだ。

「な、何者だ！」

守山が声を荒らげて誰何した。沖山のことも、市蔵から聞いていたはずだが、自分で見るのは初めてだったのであろう。

「名乗る気はない」

沖山はゆっくりした動きで、右手を刀の柄に添え、抜刀の気配を見せた。

「おのれ！　八丁堀同心と知っての狼藉《ろうぜき》か」

守山は怒りで声を震わせたが、顔には怯えの色が浮いた。沖山を八九郎の手の者とみたのかもしれない。

守山が腰の長脇差に手をかけ、抜刀しようとしたとき、八九郎が刀を手にしたまま守山の背後にまわり込んだ。

「な、何者だ！」

叫びざま、反転しようとした守山の首筋に、八九郎の切っ先が突き付けられた。

「動けば、斬るぞ」

八九郎が低い声で言った。

「あ、嵐……」

一瞬、守山の顔に恐怖の表情が凍りついたように固まり、見る間に血の気が失せた。

「このまま、首を落とされても文句は言えまい」

八九郎の声には、守山の心根を震わせるような凄みがあった。八九郎は成り行きによって、守山をこの場で斬殺していいと思っていたので、その殺気と気魄が声に乗り移っていたのである。

「な、何のことか、おれには分からぬ」

守山が声を震わせて言った。

「ならば、分からせてやろう。おれといっしょに来い」

「い、行かぬ」

守山は目をつり上げ、必死の形相で言った。

「ここで死にたければ、それでもよい。おれは、どちらでもかまわん」

そう言って、八九郎は守山の首筋に当てた切っ先を、わずかに引いた。

守山は首を伸ばし、ヒイッと喉のつまったように悲鳴を洩らした。首筋の皮肉がうすく裂けて、ふつふつと血が噴いている。顔の血の気が失せて紙のように蒼ざめ、全身が激しく顫えだした。

「おまえにも、何か言い分があろう。それを話してみろ」

八九郎がそう言うと、

「わ、分かった」

守山は顫えながらうなずいた。

4

八九郎たちは守山を猪牙舟に乗せ、小名木川から大川へ出た。そして、大川を下り、近江屋の倉庫の近くの桟橋に舟をとめた。

陽は大川の対岸の日本橋の家並の先に沈みかけ、西の空は夕焼けに染まっていた。大川端にはちらほら人影があったので、八九郎たちは通りの人影が途絶えたのを見計らって、舟から出た。

八九郎は、守山を倉庫の土間に積んであった柱材に腰を下ろさせた。沖山、彦六、浜吉の三人は、八九郎の背後にひかえている。

「市蔵がすべて吐いた。おまえと、仁左衛門たちとのかかわりも分かっている」

八九郎が守山を見すえて言った。

すると、守山の顔がひき攣《つ》ったようにゆがみ、体がワナワナと顫えだした。言い逃れはできないと自覚したようである。

「わ、わたしは、仁左衛門に騙され、やむなく、探索に差し障りのないことを洩らしただけです」

守山は低く頭を下げ、哀願するような口調で言った。白を切るより、八九郎の情けにすがった方が助かる道があると思ったのかもしれない。物言いも丁寧だった。八九郎を、与力として立てているつもりなのだろう。

「では訊くが、仁左衛門の隠れ家はどこだ」

八九郎が声をあらためて訊いた。

「に、仁左衛門の住まいは、霊巌寺門前町の仕舞屋です」

守山はすぐに答えた。隠す気はないようである。

守山によると、仁左衛門は商家の隠居という触れ込みで、妾といっしょに住んでいるという。

霊巌寺門前町は、松井屋のある海辺大工町から近かった。それほどひろい町ではないので、すぐにつきとめられるだろう。

「大町と渡辺は？」

「ふたりは、伊勢崎町の借家にいるはずです。わたしは行ったことがないので、くわしいことは……」

分からない、というふうにちいさく首を横に振った。

伊勢崎町は仙台堀沿いにひろがる町で、霊巌寺門前町からは近かった。おそらく、大町たちは、頻繁に仁左衛門と接触しているにちがいない。

「源蔵の隠れ家も分かるか」

「万年町の長屋を出た後、大町たちといっしょだと聞いてますが、仁左衛門の許にいることも多いらしい」

どうやら、甚五郎店を出た後、大町たちの隠れ家にころがり込んだようだ。

「そうか」

八九郎は、かたわらに立っている彦六に目をやって、どうだ、つきとめられるか、と声をかけた。守山の自白で、大町たちの隠れ家も探し出せるか、訊いたのである。

「二、三日あれば」

彦六が目をひからせて言った。自信がありそうである。

それから、八九郎は、守山が仁左衛門と関係をもったのはいつごろからか訊いた。

守山によると、三年ほど前、仁左衛門から借金をしていた料理屋の主人が、大川端で殺害された事件があったという。事件を調べているうち、主人は仁左衛門からの借金の高利に逆上し、仁左衛門の許に談判に行って殺されたらしいことが分かってきた。そうしたおり、仁左衛門からひそかに百両の金を渡され、事件を揉み消したという。その後、仁左衛門から月々の手当をもらうようになったそうだ。

「わ、わたしも、金がかかって……」

守山は顔をゆがめ、自嘲《じちよう》の薄笑いを口元に浮かべたが、すぐに消えた。

すると、彦六が八九郎に身を寄せ、金がかかるのは妾のせいでさァ、と耳元でささやいた。

「そうか」

八九郎は、そんなことだろうとは思っていた。

「ですが、もう懲りました。今後、仁左衛門とのかかわりは、きっぱり縁を切るつもりです」

守山は哀願するような目で八九郎を見ながら言った。

「うむ……」

八九郎は何も答えなかった。冷ややかな目で、守山を見返しただけである。

「嵐さま、わたしの知っていることは、みんな話しました。見逃してください。……これ、このとおり」

守山は、土間にひざまずいて深く頭を下げた。

「そうはいかぬ。おぬしたちのために、大勢死んでいるのだ。……お奉行のお情けで、罪人の汚名を着せることはせぬがな」

八九郎の声には重いひびきがあった。

「……！」

守山の顔が恐怖にゆがみ、絶望の翳《かげ》におおわれた。激しく顫え出したが、何も言わなかった。八九郎の言葉から、己の悪事が奉行の耳にまでとどいていることを知り、助からない、と観念したようだ。

「悪いようにはせぬ。おれたちといっしょに来い」

八九郎がうながすように言うと、守山は顫えながら立ち上がり、何かに憑《つ》かれたような顔をして八九郎の後について歩きだした。

守山の死体が発見されたのは、翌朝だった。場所は大川にかかる桟橋だった新大橋のたもと近くの桟橋の舫い杭にひっかかっていたのである。発見者は船頭だった。桟橋に舫ってあった猪牙舟を出すために桟橋に来て、水中にある死体を目にしたのである。

引き揚げられた死体を検屍したのは、南町奉行所の島村作次郎《しまむらさくじろう》という定廻り同心だった。島村は死体が仲間の同心ということで念入りに調べた後、

「下手人は辻斬りのようだ」

と、集まった岡っ引きや下っ引きたちに言った。

島村の胸の内にはいくばくかの疑念もあったが、そう言わざるを得ない理由があった。

守山は、一太刀で、肩口から胸部まで斬り下げられていた。この刀傷は、同じ桟橋にひっかかっていた豊助の刀傷とそっくりだったのである。

すでに、守山が豊助を斬った下手人を辻斬りと断定し、岡っ引きたちに話していた。そのことを島村は守山から聞いていたので、守山を斬ったのも同じ下手人と判断せざるを得なかったのである。

守山を斬ったのは、八九郎だった。八九郎は豊助の斬殺体を見ていたので、その刀傷を真似て斬ったのだ。

桟橋に集まった岡っ引きや下っ引きたちは、こわばった顔をして押し黙っていた。多くの者は、同じ辻斬りの仕業とは思わなかった。一連の事件の背後にある不気味な陰と同時に守山に天誅《てんちゅう》が下されたのを感じ取っていたのである。

5

大川端を乳白色の霧が流れていた。歌川一座の小屋は、その霧と深い静寂につつまれていた。

まだ、明け六ツ（午前六時）前だった。垂れた幟や小屋の陰には、まだ淡い夜陰が残っている。

小屋を囲った莨莚がめくれ、八九郎が姿を見せた。いつもとちがって顔がひきしまり、羽織袴姿で二刀を帯びていた。

八九郎が大川端を川下にむかって歩き出すと、霧のなかにふたつの人影が浮かびあがった。沖山と玄泉である。沖山は納戸色の小袖と同色の袴で大刀だけを帯びていた。玄泉はいつもの羽織に小袖姿で、町医者のような格好をしていた。

「待たせたかな」

「いや、おれたちも来たばかりだ」

玄泉が言うと、沖山は無言でうなずいた。あいかわらず、沖山は寡黙《かもく》である。

「まいろうか」

八九郎たち三人は、川下にむかって歩きだした。

むかうのは、深川伊勢崎町である。三日前、彦六が仙台堀沿いから路地を半町ほど入った一角にある借家に、大町と渡辺がひそんでいるのをつきとめてきたのだ。

さらに、その翌日には浜吉が、霊巌寺門前町の仕舞屋に仁左衛門と源蔵がいることもつかんだ。

さっそく、八九郎は八丁堀に出かけ、小暮と一味を捕縛する策を立てたのだ。

そのおり、八九郎は、三ヵ所を一気に襲わねばなるまい、と切り出した。伊勢崎町、霊巌寺門前町、それに蓑造のいる松井屋。三ヵ所は狭い地域に集まっていた。一ヵ所を襲えば、すぐに他の場所にいる者たちは姿をくらますだろう。一味を一網打尽にするためには、どうしても同時に襲撃する必要があったのだ。

「承知しました。瀬戸《せと》にも声をかけましょう」

小暮が言った。

「適任だな」

瀬戸信之助《しんのすけ》は北町奉行所の定廻り同心で、本所深川方面を巡視している男である。

八九郎と小暮は、これまでも瀬戸と事件について話したことがあったのだ。

「嵐さま、大町と渡辺を捕らえていただけませぬか」

小暮が、大町と渡辺は刀を抜いて捕方に抵抗することが予想され、大勢の犠牲者が出る恐れがあることを言い添えた。

「分かっている。はじめから、大町と渡辺は、われらの手で斬るつもりでいたのだ」

ふたりは、強敵である。八九郎は、沖山と玄泉の手を借りようと思っていた。

「わたしが仁左衛門を捕らえ、瀬戸に蓑造を頼みます」

小暮によると、捕方を二手に分けて一挙に襲うつもりだという。

「おれたちも、同じころ、仕掛けよう。それで、いつにするかな」

「明朝、明け六ツ（午前六時）。いかがでしょうか」

「よかろう」

早い方がよかった。ぐずぐずしていると、一味に感付かれる恐れがあるのだ。

八九郎は、先導役として、彦六と浜吉を八丁堀に差し向けることを話した。その後、沖山と玄泉にも連絡を取り、今朝をむかえたのだ。

八九郎たちは新大橋を渡って、深川へ出た。霧が晴れてきて、大川端沿いにつづく表店の輪郭がくっきりと見えてきた。東の空が茜色《あかねいろ》に染まっている。いっときすれば、明け六ツであろう。

「急ごうか」

前方に仙台堀にかかる上ノ橋が見えていた。橋のたもとを左手にまがれば、伊勢崎町はすぐだが、明け六ツの鐘が鳴る前に、大町と渡辺の住む借家に着きたかったのだ。

そのころ、小名木川にかかる高橋のたもとに、小暮と瀬戸にひきいられた捕方の一隊が集結していた。総勢三十数名。ふたりの同心に仕えている小者と中間、手札を渡している岡っ引き、下っ引き、それに深川、本所界隈を縄張りにしている岡っ引きたちの姿もまじっていた。

小暮と瀬戸は捕物出役装束ではなかった。ふだんの巡視のおりの巻き羽織ふうの格好である。捕方たちも、尻っ端折りに股引姿で捕物装束に身をかためていなかった。ただ、何人か捕物にそなえて六尺棒を手にしていた。

こうした捕物は、与力の出役をあおがねばならないが、八九郎の配慮でふたりの同心だけで、仁左衛門一味を捕縛することになったのだ。それというのも、騒ぎが大きくなると一味に感付かれる恐れがあったし、なりより大町と渡辺に捕方をむけずに斬りたかったからである。そのため、形の上だけでも、巡視の途中で一味の隠れ家を発見し、緊急に捕縛したことにしたかったのである。

「行くぞ」

小暮が一同に声をかけて高橋を渡り始めた。

彦六が小走りに小暮の前に立ち、十数人の捕方がつづいた。高橋を渡って真っ直ぐ進めば、霊巌寺門前町に出る。

仁左衛門の住む仕舞屋には、おえいという大年増の妾と下働きの老爺、それに源蔵がいるだけだった。捕方に抵抗したとしても、仁左衛門と源蔵だけである。十数人の捕方でじゅうぶんである。

小暮隊につづいて、瀬戸隊も高橋を渡った。橋を渡り終え、たもとを右手にまがると松井屋はすぐだった。松井屋には蓑造がいる。それに、板場にいる助八《すけはち》という包丁人と若い衆など数人が、仁左衛門の手下らしいことが分かっていた。瀬戸隊は二十人ほどだったが、大物は蓑造ひとりだったので、取り逃がすようなことはないだろう。

八九郎、沖山、玄泉の三人は、板塀をめぐらせた仕舞屋の前に立っていた。家の近くに人影はなく、ひっそりとしていた。

東の家並の先から陽が上り始めていた。いっとき前に、明け六ツの鐘が鳴ったばかりである。上空も青さを増し、遠近《おちこち》で雨戸をあける音や朝の早い物売りの声などが聞こえていた。江戸の町が動き始めたのである。

「家に踏み込むか」

沖山がくぐもった声で訊いた。

「いや、外へ呼び出そう」

様子の分からない狭い家のなかで斬り合うのは危険だった。障子や家具の陰から不意を突かれる恐れがあるのだ。

「おれが、庭に呼び出してやる。後は、ふたりにまかせるがな」

玄泉が口元に薄笑いを浮かべて言った。

すでに、八九郎が大町と、沖山が渡辺と立ち合う手筈になっていた。玄泉は大町たちが逃走することも想定して連れてきたのである。

庭といっても、まったく植木屋の手が入っていないらしく、板塀沿いに植えてある松や梅は枝葉が茂って樹形がくずれていた。地面はびっしりと夏草におおわれている。ただ、草丈は低く、足をとられるようなことはなさそうだった。それに、四人で立ち合うだけのひろさもある。

八九郎たちは袴の股《もも》だちを取り、刀の下げ緒で襷をかけてから庭へまわった。露で雑草が濡れていたが、立ち合いに支障はなさそうである。

庭に面して、狭い縁側になっていた。その先が座敷らしく、障子が立ててある。まだ、眠っているのか、話し声や物音は聞こえなかった。昨夜、遅くまで酒でも飲んで、目覚めが遅いのかもしれない。

「ふたりは、戸袋の近くにでもいてくれ」

そう言って、玄泉が縁側の前に立った。

6

「おい！　だれかいないか」

玄泉が障子にむかって声を上げた。

と、夜具を動かすような音が障子のむこうで聞こえた。起きたらしい。

「庭に、妙な男がいるぞ！　姿を見せろ」

さらに、玄泉が声を上げると、床を踏む音がし、障子があいた。姿を見せたのは巨体の男、渡辺である。寝間着姿だった。はだけた襟元から胸毛が黒く覗いている。手に大刀だけをひっ提《さ》げていた。用心のために、身近に置いてあったのだろう。

「なんだ、おまえは」

渡辺が不審そうな顔をして訊いた。咄嗟に、玄泉と結び付かなかったのかもしれない。

「おれか、妙な男というのは、おれのことだ」

「愚弄《ぐろう》する気か！」

渡辺が怒りの声を上げたとき、さらに障子があいて、大町が姿を見せた。

「こいつ、嵐といっしょにいた町医者だ」

大町が声を上げた。

「そうだ、妙な男だろう。朝から、おぬしたちの塒に乗り込んできたのだからな。さア、どうする」

玄泉は口元に薄笑いを浮かべて言った。

「おまえ、ひとりか」

大町が廊下へ出てきた。やはり、寝間着姿で、大刀だけをひっ提げている。

「さあな。いずれにしろ、おぬしたちは助からんな」

言いざま、玄泉は後じさった。

その動きにつられるように、渡辺も廊下に出てきた。

「どうだ、おれを斬れるか」

た。


玄泉が挑発するように言った。

「おお！　たたっ斬ってくれるわ」

叫びざま、渡辺が庭へ飛び下りた。つづいて、大町もゆっくりした動きで庭へ下りた。

このとき、八九郎と沖山が戸袋の前から庭へ走りでた。

「うぬらの相手は、おれたちだ！」

八九郎が声を上げた。

その声で、大町と渡辺が足をとめて振り返った。

「やはり、うぬらがいたか」

大町が、すばやく右手で寝間着の裾を上げ、後ろ帯に挟んだ。二本の足が、膝のあたりから露出し、動きやすくなったようだ。

かたわらにいた渡辺も、同じように寝間着の裾を後ろ帯にはさんだ。脛毛におおわれた太い二本の足で、叢《くさむら》のなかにつっ立っている。

「大町、勝負をつけようぞ！」

八九郎は、大町と対峙した。すでに、八九郎は大町と切っ先をまじえていたが、勝負は決していなかった。八九郎は、ひとりの剣客として大町と立ち合ってみたいと思っていたのだ。

この間に、沖山は渡辺と相対していた。渡辺も、沖山と戦うしかないと覚悟を決めたらしく、長刀を抜き放っている。

「望むところだ」

大町は抜刀し、切っ先を八九郎の目線につけた。腰の据わった隙のない青眼の構えである。

対する八九郎は下段に構えた。以前の対戦より刀身を上げ、切っ先を大町の下腹につけた。一瞬の反応を迅《はや》くするためと、濡れた雑草に刀身がからまないようにするためである。

ふたりの間合はおよそ三間半。大町は前に出した右足で雑草を分けながら、ジリジリと間合をせばめてきた。そのまま、切っ先で目を突いてくるような威圧がある。

八九郎は動かなかった。気を鎮めて、相手の動きを見つめている。

……二の太刀が勝負だ。

と、八九郎はみていた。

大町の初太刀は分かっていた。するどい踏み込みで、真っ向へ斬り込んでくるはずである。おそらく、大町も八九郎が逆袈裟に斬り上げて、真っ向への太刀をはじくことを察知しているだろう。

一合後の一瞬の反応が勝負になろう。

大町との間合がしだいに狭まってきた。間合がつまるにつれて、お互いの剣気が高まり、すべての神経が敵の切っ先と斬撃の気配に集中する。

時がとまり、音が消えていた。

ふたりの切っ先が、引き合うように迫っていく。

ふいに、大町が寄り身をとめた。一足一刀の間境の半歩手前である。絶妙の間積もりだった。半歩踏み込むことで、切っ先が敵の眉間をとらえる間合だ。

大町が全身に気勢を込め、斬撃の気配を見せた。気攻《きぜ》めである。気で攻めて、八九郎の心を乱し、一瞬の隙を衝こうとしているのである。

とそのとき、渡辺の獣の吼《ほ》えるような気合がひびいた。斬り込んだようである。

刹那、大町の全身から剣気が疾《はし》った。

間髪をいれず、八九郎の体が躍動した。

ふたりの裂帛の気合が、静寂をつんざき、真っ向と逆袈裟に二筋の閃光がはしった。

次の瞬間、甲高い金属音とともに青火が散り、ふたりの刀身が上下にはじき合った。

た。

　これまでの太刀捌きは、前の立ち合いとほぼ同じである。

　だが、次の動きがまるでちがった。

　ふたりは刀身を振り上げ、ほぼ同時に真っ向へ斬り込んだのである。

　ガッチ、と刀身と刀身が眼前で嚙み合った。鍔《つば》迫り合いである。

　ふたりは敵の刀を押し合ったが、それも一瞬で、お互いが弾かれたように背後に跳んだ。

　刹那、八九郎の刀身が朝陽を反射《はね》てひかった。背後に跳びざま、刀身を斬り下ろしていたのである。一瞬の神速の太刀捌きだった。

　にぶい骨音がし、大町の額から鼻筋にかけて血の線がはしった。大町の顔がゆがみ、額が割れて血が噴出した。八九郎の斬撃は大町の頭骨まで、斬り割ったかもしれない。

　ウウウッ、と大町が唸るような声を上げた。顔面が赤い布を張り付けたように真っ赤に染まっている。血まみれの顔のなかで、カッと瞠《みひら》いた両眼だけが、白く浮き上がったように見えた。

　大町は青眼に構えたままつっ立っていた。すでに戦意はなく、構えた切っ先が笑うように震えている。顔面から流れ出た血は、顎から滴り落ち、肩先や胸まで赤く染めて行く。

グラッ、と大町の体が揺れた。

一瞬、大町は足を踏ん張ろうとしたようだが、そのまま腰からくずれるように転倒した。

叢につっ伏した大町は、両腕を地面に伸ばして上体を起こそうとしたが、そのまま前に顎から突っ込んだ。

いっとき、大町は四肢を痙攣《けいれん》させていたが、動かなくなった。絶命したようである。

叢に散った血が朝陽に照らされていた。ひどく鮮明で、生き生きとしていた。あたかも、無数の赤い生物が青草に群生しているかのようである。

7

八九郎は沖山と渡辺に目を転じた。ふたりは、まだ勝負が決していなかった。

沖山は青眼に構え、渡辺は八相に構えていた。すでに一合したと見え、渡辺の着物の右の肩先が裂け、血の色があった。

……沖山が後れをとるようなことはない。

と、八九郎は見て取った。

渡辺の八相に構えた刀身が揺れていた。体が硬くなっている。肩先に傷を負い、気が異様に昂《たかぶ》っているのだ。

対する沖山の構えはゆったりとしていた。全身に気勢が満ち、切っ先はピタリと敵の目線につけられている。

リヤァ！　リヤァ！

渡辺が前後に動きながら、甲高い気合を発した。牽制である。

だが、沖山は微動だにしない。表情すら、動かさなかった。

オオリヤァ！

沖山が大きく口をひらき、気合というより獣の咆哮のような声を発した。威嚇して、沖山の構えをくずそうとしたのだ。

そのとき、つ、つ、と沖山が踏み出した。

瞬間、渡辺は後ろに身を引こうとして腰が浮いた。刹那、するどい気合とともに沖山の体が躍動し、切っ先が槍穂のように前に伸びた。

電光のような突きである。

咄嗟に、渡辺は八相から袈裟に斬り下ろしたが、間にあわなかった。鍔が大きく踏み込んだ沖山の肩先に当たっただけである。

沖山の突きは、渡辺の喉を突き破って盆の窪から抜けた。

凄まじい渾身の一刀である。

沖山は渡辺に体を密着させて動きをとめた。渡辺は棒立ちになり、目尻が裂けるほど目を剝いている。

ぐらっ、と渡辺の体が揺れた。その瞬間、沖山は背後に身を引きざま、刀身を引き抜いた。その切っ先を追うように、血が赤い帯《おび》のように噴出した。沖山の突きが、首の血管《ちくだ》を切ったようである。

渡辺は血を撒きながらよろめき、腰からくずれるように転倒した。伏臥した渡辺は動かなかった。首筋から噴出する血が雑草のなかで、しゅるしゅると蛇でも這っているような音をたてている。

「終わったな」

八九郎が近寄って沖山に声をかけた。

「ああ……」

沖山は返り血を浴びた顔を手の甲でこすりながら、抑揚のない声で応えた。

そのころ、小暮隊は霊巌寺門前町の仕舞屋を取り囲んでいた。隠居所にしてはひろい家で、台所の他に四、五間はありそうだった。家のまわりを黒板塀で囲い、庭には樹形のいい松や梅、百日紅《さるすべり》などの庭木が植えてあった。富商の隠居所といった感じがする。

捕方たちは正面の戸口、背戸、それに庭先に分散して待機していた。

小暮、彦六、小者の稔造、それに腕っ節の強そうな三人の捕方が、正面から踏み込んだ。

「お調べだ、姿を見せろ！」

稔造が声を上げた。

いっときすると、家の奥で男の叱咤するような声と、だめだ、裏手にもいやがる、という男の声がした。つづいて慌ただしく障子をあける音や床を踏む音などが聞こえた。

廊下から戸口の板敷きの間に出てきたのは、源蔵と五十がらみのでっぷりした男だった。五十がらみの男が仁左衛門である。仁左衛門は寝間着の上に、絽織《ろお》りを羽織っていた。おそらく、寝間にいて慌てて羽織だけを羽織って出てきたのであろう。

源蔵は棒縞《ぼうじま》の単衣を裾高に尻っ端折りしていた。裏手を確認したのは、源蔵のようだ。逃げ道を探したのかもしれない。

「仁左衛門か」

小暮が誰何した。

「は、はい、隠居の仁左衛門で、ございます」

仁左衛門は、腰をかがめながらうろたえたような顔をして言った。

頬がふくれ、目が細かった。耳朶がやけに大きく、顎の肉がたるんでいる。恵比寿を思わせるような福相の主である。とても、残忍で強欲な高利貸しとは思えないおだやかそうな顔をしていた。犠牲者の多くが、この顔に惑わされたのかもしれない。

「神妙に縛に就《つ》けい！」

小暮が朱房の十手を突き出しながら言った。

「な、何かのおまちがいでございます。てまえは、お上の世話になるようなことをした覚えはございません」

仁左衛門が声を震わせて言った。

源蔵は仁左衛門の背後に顔を隠すようにしている。彦六と顔を合わせたくなかったのだろう。

「仁左衛門、源蔵、申し開きがあるなら、吟味のおりに言うがいいぜ」

小暮が伝法な物言いになった。これが、本来の町方同心の言葉遣いである。日頃、市中を歩き、やくざ者や無頼牢人などと接する機会が多いので、どうしても乱暴な言葉遣いになるのだ。

「て、てまえは、見たとおりの隠居、お眼鏡《めがね》ちがいでございます」

仁左衛門は、両手を前に突き出して横に振りながら後じさった。

「かまわねえ、捕れ！」

小暮が声を上げると。取り囲んだ捕方たちが、いっせいに十手や六尺棒を仁左衛門と源蔵にむけた。

すると、仁左衛門の福々しい顔が豹変《ひょうへん》した。両眼がつり上がり、大きくひらいた口から牙のような歯を剝き出した。閻魔《えんま》のような顔である。

「ちくしょう！　捕られて、たまるかい」

叫びざま、反転して奥へ逃げようとした。

「頭！　ここは、おれが」

源蔵がふところから匕首を取り出し、仁左衛門の前へ出た。この場で捕方を食いとめて、仁左衛門を逃がすつもりらしい。

「逃がすな！　仁左衛門を追え」

小暮の声で、彦六とふたりの捕方が、上がり框から踏み込み、仁左衛門の後を追った。

小暮と稔造、それに大柄な捕方が源蔵に迫り、十手や六尺棒をむけた。

「こうなったら、皆殺しだ！」

源蔵が叫びざま、匕首を胸の前に構えて、小暮に迫ってきた。そして、匕首で突きかかろうとしたとき、右手にいた大柄な捕方が六尺棒で殴りつけた。

ゴン、というにぶい音がし、源蔵の顔が横にかしいだ。捕方がふるった六尺棒が源蔵の側頭部に当たったのだ。

源蔵はよろめき、足をふんばって、ふたたび匕首を構えようとしたが、そこへ稔造が踏み込んで、脇からたたきつけるように十手を振り下ろした。

源蔵の手にした匕首が足元に落ちた。稔造のふるった十手が、源蔵の匕首を握った腕をとらえたのである。

稔造は、すばやく源蔵の腰のあたりに腕をまわし、足をかけて床にひき倒した。

「じたばたするんじゃねえ！」

message

稔造が、源蔵の両肩を押さえつけた。

すかさず、捕方が源蔵の両腕を後ろにとって、早縄をかけた。

そのとき、仁左衛門は奥の居間で彦六をはじめ数人の捕方に取り囲まれていた。裏口をかためていた捕方も、騒ぎを耳にして踏み込んできたのだ。

「仁左衛門、神妙にしやがれ！」

彦六が十手をむけた。

仁左衛門を取り囲んだ捕方たちも、十手や六尺棒をむけて迫った。

「近付けば、突き殺すぞ！」

仁左衛門は居間にあった匕首を手にし、吼えるような声を上げた。

「お上に、さからう気か！」

叫びざま、捕方のひとりが六尺棒で仁左衛門に打ちかかった。

棒の先が、仁左衛門の肩口に当たってよろめいた。すかさず、彦六が飛び込み、十手を振り下ろした。

ギャッ、と絶叫を上げて、仁左衛門がのけ反った。十手の先が仁左衛門の額に当たったのだ。仁左衛門の額が割れて血が流れ出た。半顔が赤い斑《まだら》に染まっている。

「どきャァがれ!」

仁左衛門は絶叫し、匕首を振りまわしながら、裏手へ逃げようとした。

廊下側に立てた障子まで来たとき、別の捕方が障子の向こうから六尺棒を突き出した。

仁左衛門は六尺棒をはじき、凄まじい勢いで障子に迫ると、匕首を大きく横に払った。

バシャ、という音とともに、障子が桟《さん》ごと横に裂け、六尺棒を突き出した捕方の顔が見えたが、匕首はとどかなかったようだ。

「これでも、喰らえ!」

別の捕方が、脇から十手で仁左衛門の肩口を殴りつけ、もうひとりが六尺棒を後頭部にあびせた。その衝撃で、仁左衛門は前によろめき、頭から障子に突っ込んだ。

バリバリという大きな音とともに、障子がはずれ、仁左衛門の巨体といっしょに廊下に倒れた。

「お縄をかけろ!」

彦六が声を上げた。

三人の捕方が、仁左衛門の体を押さえつけて縛り上げた。

いっときの後、戸口に立っていた小暮の前に、仁左衛門と源蔵が引きだされた。なお、奥の寝間に隠れていたおえいも捕方に発見されて連れだされた。おえいも、吟味の為に連行するのである。

「ひったてろ！」

小暮が声を上げた。

このころ、瀬戸隊も松井屋に踏み込み、蓑造と助八、それに数人の手下を捕らえていた。蓑造は捕方が踏み込んできたと知ると、裏手から逃げようとしたが、裏口で待ち構えていた捕方たちに押さえられた。一方、助八や他の手下たちは、たいした抵抗もせずにお縄を受けたのである。

8

開け放たれた障子から、そよ風が流れ込んでいた。風のなかに、秋の訪れを感じさせる涼気があった。

奉行所の先にある大名屋敷の甍《いらか》が、夕焼けを映じて淡い鴇色に染まっている。静かな雀色時《すずめいろどき》である。

八九郎は、北町奉行所内にある奉行の役宅の奥座敷にいた。遠山から呼び出しがあり、待っていたのである。

いっときすると、廊下をせわしそうに歩く足音がし、障子があいて、遠山が姿を見せた。浅葱色《あさぎいろ》の単衣に角帯姿だった。くつろいだ格好である。白洲での吟味を終え、着替えてからきたらしい。

「ごくろうだな」

遠山はおだやかな微笑を浮かべて腰を下ろした。

遠山につづいて、役宅の女中が茶を持参し、ふたりの膝先に置いて去った。

八九郎は、簡単に時宜を述べた後、口をつぐんで、遠山の次の言葉を待っていた。新たな探索を命ぜられるのではないか、と思ったのである。

その八九郎の顔を見て、遠山は、

「探索ではないぞ」

と言って、膝先の茶に手を伸ばし、喉をうるおしてからつづけた。

「仁左衛門一味の白洲での吟味が終わったのでな。八九郎にも、話しておこうと思ったのだ。なにしろ、一味を捕らえた立て役者は、八九郎だからな」

そう言って、遠山は満足そうな笑みを浮かべた。

どうやら、遠山は仁左衛門一味の吟味の結果を八九郎に話すつもりで呼んだらしい。

「仁左衛門たちは、白状しましたか」

八九郎が訊いた。

与力の調べでは、蓑造と助八、それに他の手下たちは、仁左衛門を頭とする一味がこれまで行ってきた悪事のほとんどを認めていた。ところが、仁左衛門と源蔵だけは頑として、口を割らなかったという。

「強情だったが、ふたりとも何とか口を割ったぞ」

遠山によると、まず、源蔵が白状したという。

蓑造、助八、おえいの口書きに、これまでの悪事のことがこまかく記されており、それを読み聞かせると、さすがの源蔵も言い逃れはできないと観念して、口をひらいたそうである。

「源蔵がしゃべったことを知ってな、仁左衛門も白状したのだ。まァ、自分だけ白を切っても、どうにもならないと悟ったのであろう。それに、これ以上口を割らねば、拷問にかけることも話してあったのだ。痛い目をみるだけ、損だと思ったのかもしれん」

遠山はそこまで話すと、また膝先の茶に手を伸ばした。

「お奉行、どのようなお裁きになりましょうか」

八九郎が訊いた。

「そうよな、仁左衛門、源蔵、蓑造の三人は、死罪はまぬがれまいな。……助八や他の手下は、すこし軽くなろうかな」

遠山は手にした湯飲みに目を落として言った。

重追放以上の刑は、奉行の一存で裁断することはできないので、こうした言いまわしになったのであろう。

いっとき、遠山はあいたままの障子の間から庭に目をやっていた。虫の音が聞こえた。すでに、庭先は濃い暮色につつまれている。流れ込んでくる涼風が、肌を撫でていく。

「障子をしめましょうか」

風が奉行の体に障っては、と八九郎は思い、腰を上げようとすると、

「このままでよい」

と言って、視線を八九郎にもどした。

「八九郎、そちに、何か褒美《ほうび》をとらそうと思ってな」

遠山が口元に微笑を浮かべて言った。どうやら、その気もあって、八九郎を呼んだらしい。

「ありがたい仰せにございます」

八九郎は、褒美のことまで念頭になかった。

「それで、何が望みじゃ」

遠山が声をあらためて訊いた。

八九郎は、返答に窮した。差し当たり、欲しいものが思い当たらなかったのだ。

いっとき、八九郎は虚空に視線をとめていたが、ふと、脳裏に浮かんだものがあった。それは、巷で噂されている遠山の肩から背にかけて彫ってあるという刺青である。八九郎は、まだその刺青を見たことがなかった。巷では、「桜吹雪」の刺青だという者が多く、なかには「遠山桜」と呼ぶ者もいた。

「されば、願いがございます」

八九郎が遠山を見つめて言った。

「何じゃ」

「前々から、一度見せていただきたいものがございました」

「見せてもらいたいものとな」

「はい、それは、お奉行の背中でございます」

「な、なに、わしの背中だと」

遠山が驚いたように目を剝いた。

「一度、お背中の彫り物を見せていただきたいと、かねがね思っておりました」

「うむ……」

遠山は困惑したような顔をして、また、庭先に視線をやったが、八九郎に視線をもどすと、

「そろそろ萩の季節だな」

と、声をあらためて言った。

「八九郎、萩の咲くころになって、桜を見せてくれとは、少々無理な願いではないかな」

遠山は静かな諭すような声で言った。

「…………」

八九郎は、遠山が何を言わんとしているかすぐに察した。

刺青は血気盛んな若いころ入れたもので、若肌であってこそ美しく、年配になってから他人に見せるものではないと言っているのだ。

「ならば、お背中の遠山桜、こうやって見せていただきます」

八九郎は目をとじた。遠山の若いころの桜吹雪の刺青を想像して、脳裏に描いたのである。

「見事な桜吹雪にございます」

八九郎が目をとじたまま言った。

すると、遠山の、こやつ、遠山桜を勝手に覗きおったな、という声が聞こえ、つづいて、満足そうな笑い声がおこった。

了

本書は文庫書下ろし作品です

|著者| 鳥羽 亮　1946年生まれ。埼玉大学教育学部卒業。'90年『剣の道殺人事件』で第36回江戸川乱歩賞を受賞。著書に『警視庁捜査一課南平班』『上意討ち始末』『秘剣 鬼の骨』『青江鬼丸夢想剣』『三鬼の剣』『隠《おぬ》猿《ざる》の剣』『浮舟の剣』『風来の剣』『影笛の剣』『波之助推理日記』など多くの時代小説シリーズがある。

遠山桜《とおやまざくら》　影《かげ》与《よ》力《りき》嵐《あらし》八《や》九《く》郎《ろう》

鳥《と》羽《ば》 亮《りょう》

講談社文庫

定価はカバーに
表示してあります

2009年10月15日第1刷発行

発行者――鈴木　哲
発行所――株式会社　講談社
東京都文京区音羽2-12-21　〒112-8001
電話　出版部 (03) 5395-3510
　　　販売部 (03) 5395-5817
　　　業務部 (03) 5395-3615

Printed in Japan

デザイン―菊地信義
本文データ制作―講談社プリプレス管理部
印刷―――信毎書籍印刷株式会社
製本―――株式会社国宝社

落丁本・乱丁本は購入書店名を明記のうえ、小社業務部あてにお送りください。送料は小社負担にてお取替えします。なお、この本の内容についてのお問い合わせは文庫出版部あてにお願いいたします。

ISBN978-4-06-276489-6

講談社文庫刊行の辞

二十一世紀の到来を目睫に望みながら、われわれはいま、人類史上かつて例を見ない巨大な転換期をむかえようとしている。

世界も、日本も、激動の予兆に対する期待とおののきを内に蔵して、未知の時代に歩み入ろうとしている。このときにあたり、創業の人野間清治の「ナショナル・エデュケイター」への志を現代に甦らせようと意図して、われわれはここに古今の文芸作品はいうまでもなく、ひろく人文・社会・自然の諸科学から東西の名著を網羅する、新しい綜合文庫の発刊を決意した。

激動の転換期はまた断絶の時代である。われわれは戦後二十五年間の出版文化のありかたへの深い反省をこめて、この断絶の時代にあえて人間的な持続を求めようとする。いたずらに浮薄な商業主義のあだ花を追い求めることなく、長期にわたって良書に生命をあたえようとつとめるところにしか、今後の出版文化の真の繁栄はあり得ないと信じるからである。

同時にわれわれはこの綜合文庫の刊行を通じて、人文・社会・自然の諸科学が、結局人間の学にほかならないことを立証しようと願っている。かつて知識とは、「汝自身を知る」ことにつきていた。現代社会の瑣末な情報の氾濫のなかから、力強い知識の源泉を掘り起し、技術文明のただなかに、生きた人間の姿を復活させること。それこそわれわれの切なる希求である。

われわれは権威に盲従せず、俗流に媚びることなく、渾然一体となって日本の「草の根」をかたちづくる若く新しい世代の人々に、心をこめてこの新しい綜合文庫をおくり届けたい。それは知識の泉であるとともに感受性のふるさとであり、もっとも有機的に組織され、社会に開かれた万人のための大学をめざしている。大方の支援と協力を衷心より切望してやまない。

一九七一年七月

野間省一

講談社文庫　目録

西村京太郎　寝台特急あかつき殺人事件
西村京太郎　日本シリーズ殺人事件
西村京太郎　L特急踊り子号殺人事件
西村京太郎　寝台特急「北陸」殺人事件
西村京太郎　オホーツク殺人ルート
西村京太郎　行楽特急《ロマンスカー》殺人事件
西村京太郎　南紀殺人ルート
西村京太郎　特急「おき3号」殺人事件
西村京太郎　阿蘇殺人ルート
西村京太郎　日本海殺人ルート
西村京太郎　寝台特急六分間の殺意
西村京太郎　釧路・網走殺人ルート
西村京太郎　アルプス誘拐ルート
西村京太郎　特急「にちりん」の殺意
西村京太郎　青函特急殺人ルート
西村京太郎　山陽・東海道殺人ルート
西村京太郎　十津川警部の対決
西村京太郎　南神威島
西村京太郎　最終ひかり号の女

西村京太郎　富士・箱根殺人ルート
西村京太郎　十津川警部の困惑
西村京太郎　津軽・陸中殺人ルート
西村京太郎　十津川警部C11を追う
西村京太郎　越後・会津殺人ルート〈追いつめられた十津川警部〉
西村京太郎　華麗なる誘拐
西村京太郎　五能線誘拐ルート
西村京太郎　シベリア鉄道殺人事件
西村京太郎　恨みの陸中リアス線
西村京太郎　鳥取・出雲殺人ルート
西村京太郎　尾道・倉敷殺人ルート
西村京太郎　諏訪《すわ》・安曇野《あずみの》殺人ルート
西村京太郎　哀しみの北廃止線
西村京太郎　伊豆海岸殺人ルート
西村京太郎　倉敷から来た女
西村京太郎　南伊豆高原殺人事件
西村京太郎　消えた乗組員《クルー》
西村京太郎　東京・山形殺人ルート
西村京太郎　八ヶ岳高原殺人事件

西村京太郎　消えたタンカー
西村京太郎　会津高原殺人事件
西村京太郎　超特急《イベント・トレイン》「つばめ号」殺人事件
西村京太郎　北陸の海に消えた女
西村京太郎　志賀高原殺人事件
西村京太郎　美女高原殺人事件
西村京太郎　十津川警部　千曲川に犯人を追う
西村京太郎　北能登殺人事件
西村京太郎　雷鳥九号《サスペンス・トレイン》殺人事件
西村京太郎　十津川警部　白浜へ飛ぶ
西村京太郎　上越新幹線殺人事件
西村京太郎　山陰路殺人事件
西村京太郎　十津川警部　みちのくで苦悩する
西村京太郎　殺人はサヨナラ列車で
西村京太郎　日本海からの殺意の風〈寝台特急「出雲」殺人事件〉
西村京太郎　松島・蔵王殺人事件
西村京太郎　四国情死行
西村京太郎　十津川警部　愛と死の伝説(上)(下)
西村京太郎　竹久夢二　殺人の記

講談社文庫 目録

講談社文庫　目録

日本推理作家協会編　殺ったのは誰だ!?〈ミステリー傑作選36〉
日本推理作家協会編　殺人哀モード〈ミステリー傑作選37〉
日本推理作家協会編　殺人者〈ミステリー傑作選38〉
日本推理作家協会編　完全犯罪証明書〈ミステリー傑作選39〉
日本推理作家協会編　密室＋アリバイ＝真犯人〈ミステリー傑作選40〉
日本推理作家協会編　殺人買います〈ミステリー傑作選41〉
日本推理作家協会編　罪深き者に罰を〈ミステリー傑作選42〉
日本推理作家協会編　嘘つきは殺人のはじまり〈ミステリー傑作選43〉
日本推理作家協会編　終日犯罪〈ミステリー傑作選44〉
日本推理作家協会編　殺人作法〈ミステリー傑作選45〉
日本推理作家協会編　零時の犯罪予報〈ミステリー傑作選46〉
日本推理作家協会編　トリック・ミュージアム〈ミステリー傑作選〉
日本推理作家協会編　殺人の教室〈ミステリー傑作選〉
日本推理作家協会編　殺人格差〈ミステリー傑作選〉
日本推理作家協会編　孤独な交響曲《シンフォニー》〈ミステリー傑作選〉
日本推理作家協会編　犯人たちの部屋〈ミステリー傑作選〉
日本推理作家協会編　仕掛けられた罪〈ミステリー傑作選〉
日本推理作家協会編　隠された鍵〈ミステリー傑作選〉
日本推理作家協会編　セブン ミステリーズ〈ミステリー傑作選〉

日本推理作家協会編　1ダースの殺意〈ミステリー傑作選・特別編1〉
日本推理作家協会編　殺しのルート13〈ミステリー傑作選・特別編2〉
日本推理作家協会編　真夏の夜の悪夢〈ミステリー傑作選・特別編3〉
日本推理作家協会編　57人の見知らぬ乗客〈ミステリー傑作選・特別編4〉
日本推理作家協会編　自選ショート・ミステリー〈ミステリー傑作選・特別編5〉
日本推理作家協会編　自選ショート・ミステリー2〈ミステリー傑作選・特別編6〉
日本推理作家協会編　謎001〈東野圭吾選スペシャル・ブレンド・ミステリー〉
日本推理作家協会編　謎002〈宮部みゆき選スペシャル・ブレンド・ミステリー〉
日本推理作家協会編　謎003〈恩田陸選スペシャル・ブレンド・ミステリー〉
日本推理作家協会編　謎004〈京極夏彦選 スペシャル・ブレンド・ミステリー〉
二階堂黎人　地獄の奇術師
二階堂黎人　聖アウスラ修道院の惨劇
二階堂黎人　ユリ迷宮
二階堂黎人　吸血の家
二階堂黎人　私が捜した少年
二階堂黎人　クロへの長い道
二階堂黎人　名探偵水乃サトルの大冒険
二階堂黎人　名探偵の肖像
二階堂黎人　悪魔のラビリンス

二階堂黎人　増加博士と目減卿
二階堂黎人　ドアの向こう側
二階堂黎人　魔術王事件(上)(下)
二階堂黎人　軽井沢マジック
二階堂黎人編　密室殺人大百科(上)(下)
西澤保彦　解体諸因
西澤保彦　完全無欠の名探偵
西澤保彦　七回死んだ男
西澤保彦　殺意の集う夜
西澤保彦　人格転移の殺人
西澤保彦　麦酒《ばくしゅ》の家の冒険
西澤保彦　幻惑密室
西澤保彦　実況中死
西澤保彦　念力密室！
西澤保彦　夢幻巡礼
西澤保彦　転・送・密・室
西澤保彦　人形幻戯
西澤保彦　ファンタズム
西澤保彦　生贄を抱く夜《よ》

2009年9月15日現在